LE PAIN

(QUESTION ALIMENTAIRE)

Le pain bis de ménage
et le pain blanc de boulanger : causes de l'abandon
progressif du premier pour le second

PAR

M. A. BURGER

Extrait du Bulletin de la Société d'agriculture et Comice
de l'arrondissement de Meaux, 1884

Il ne suffit pas de récolter de bons blés,
Il faut encore manger de bons pains !

PARIS

LIBRAIRIE AGRICOLE DE LA MAISON RUSTIQUE
26, RUE JACOB, 26

1884

ÉTUDE SUR LE PAIN

PRINCIPAUX OUVRAGES DU MÊME AUTEUR

Principes de culture et production régulière du Chêne de marine (Extrait de la *Revue maritime et coloniale*). — En deux brochures in-8, de 64 et 24 p. — Cette 2ᵉ partie est épuisée. On s'occupe de réunir le tout en une seconde édition. — 1864.

Les forêts de l'État et les principes économiques actuels. — Sous le speudonyme A. LE BON. — Brochure in-8 de 42 pages. — 1865. (Epuisée, ne se trouve plus que d'occasion); a valu à l'auteur une lettre approbative de P.-F. Leplay (1).

Du déboisement des campagnes dans ses rapports avec la disparition des oiseaux utiles à l'agriculture. — (Extrait du *Bulletin de la Société d'agriculture de Meaux*). — Brochure in-8 de 63 p. — 1877. — Inscrite au catalogue de la Société pour l'amélioration des publications populaires.

De l'assèchement du sol par les essences forestières, et de l'assainissement des marais par les bois tendres et résineux. — (Extrait de la *Revue des eaux et forêts*). — Brochure grand in-8 de 30 p. — 1877. — Presqu'épuisée, quelques exemplaires ne se trouvent plus que chez l'auteur.

Rapport sur l'Exposition universelle de 1878. — *Sylviculture — Faune forestière et agricole.* — (Extrait du *Bulletin de la Société d'agriculture de Meaux*). — Brochure in-8 de 90 p. — 1879. — Epuisé.

(1) Pour combattre, avec d'autres écrits qui ont paru à cette époque, dans les mêmes conditions, le projet de loi pour l'aliénation des forêts domaniales situées en plaine, jusqu'à concurrence de la somme de CENT MILLIONS : projet soumis aux délibérations du Corps législatif en 1865, par le Ministre des Finances, et retiré définitivement des mains de la Commission, à la suite de cet instructif débat.

Un des vice-présidents de la Chambre est venu chez l'auteur confirmer les conclusions de ce mémoire et lui en demander trois exemplaires.

Meaux. — Imp. et Lith. CHARRIOU, 16, rue Saint-Etienne.

LE PAIN

(QUESTION ALIMENTAIRE)

*Le pain bis de ménage
et le pain blanc de boulanger : causes de l'abandon
progressif du premier pour le second*

PAR

M. A. BURGER

Extrait du Bulletin de la Société d'agriculture et Comice
de l'arrondissement de Meaux, 1884

Il ne suffit pas de récolter de bons blés.
Il faut encore manger de bons pains !

PARIS

LIBRAIRIE AGRICOLE DE LA MAISON RUSTIQUE
26, RUE JACOB, 26

1884

LE PAIN

(QUESTION ALIMENTAIRE)

Le pain bis de ménage
et le pain blanc de boulanger : causes de l'abandon
progressif du premier pour le second

Par M. A. BURGER

> Il ne suffit pas de récolter de bons blés.
> Il faut encore manger de bons pains !

I

Occasion et but de ce travail. — Le Pain, aperçu historique. — La Tradition.

Bien avant de penser à écrire sur ce sujet, le PAIN; et de comparer le pain de ménage au pain de boulanger; il y a de cela 28 à 30 ans; j'habitais alors Páris; je me plaignais déjà beaucoup du *pain blanc* de boulanger, qui péchait surtout par le défaut de cuisson; et je me trouvais malheureux, aimant le pain, d'être obligé de manger ou du pain tendre dont mon estomac ne s'accomodait pas, ou du pain rassis qui était fade, sans le moindre goût, et asséchant la bouche, en un mot fort mauvais. Je négligeais donc à mes repas, à mon détriment sans doute, cette base de la nourriture. le Pain, que je me rappelais avoir trouvé si bon, si savoureux dans ma première jeunesse, alors qu'on faisait encore le pain de ménage à la maison paternelle.

Dans mes diverses et lointaines périgrinations comme forestier, je ne manquais jamais de rechercher le bon pain, et d'attacher de l'importance à en trouver; puis partout, je trouvais des adhésions entières à la supériorité; comme goût, comme parfum et pouvoir nutritif; du pain de ménage bien fait sur le pain de fabrique : — cela me frappa.

Puis, je remarquai que l'habitude de se nourrir de pain bis se perdait chez les campagnards. Chez les citadins, c'était chose faite depuis longtemps.

J'entendais aussi, mais plus tard, et en se rapprochant de notre temps, beaucoup parler d'ANÉMIE, d'appauvrissement du sang, de dégénérescence constitutionnelle.

Cet état morbide était constaté dans toutes les classes de la société, aussi bien à la campagne qu'à la ville, chez les enfants que chez les adultes et même les vieillards, et indistinctement dans les deux sexes.

Je pensai que cela pouvait tenir à plusieurs causes, et je me demandai si la mauvaise alimentation panaire, ne pourrait pas être une de ces causes?

Chaque fois que j'en trouvais l'occasion, je soumettais l'idée aux personnes compétentes, aux médecins, aux pharmaciens, aux hommes dont la science et l'expérience pouvaient mettre sur la voie d'une observation judicieuse. Jamais je n'ai trouvé une contradiction bien fondée et presque toujours, une adhésion.

Je pensai alors à en écrire, en donnant cours à mes observations et à rechercher surtout quelles pouvaient être la cause où les causes de l'abandon progressif du pain de ménage, pour le pain de boulanger, par la population ; mais par la population rurale particulièrement, qui s'est toujours trouvée dans de meilleures conditions que la population urbaine pour faire son pain elle-même. J'hésitais, car en somme, ce projet demandait un préliminaire d'enquête et de recherches actives, assez longues et minutieuses, et un peu partout ; et il est probable que j'en serais resté là, sans la gracieuse communication que me fit en 1877, mon ami et confrère forestier, M. Philibert le Duc, inspecteur de forêts en retraite, à Bourg, vice-président de la société littéraire et historique du département de l'Ain, de ses très curieux et intéressants comptes-rendus, dans le *Moniteur de l'Ain*, d'une remarquable étude de M. le vicomte Jules de Gères son ami, et intitulé : *Le Pain des deux Testaments. — Etude Biblique* (1).

Ce travail m'enchanta et réveilla ma pensée première d'informations.

Les comptes-rendus du *Moniteur de l'Ain* ; vous vous le rappelez ; vous furent lus et vous les avez accueillis avec une faveur marquée. J'allai plus loin, et grâce au concours d'un excellent ami retiré au Mans, mort lui aussi également et qui jugea comme moi, qu'on ne saurait trop divulguer les saines traditions, deux feuilles, les plus caractéristiques de ces comptes-rendus furent reproduites *in-extenso* dans le *Journal de Maine-et-Loire*.

Je ne vous rappelerai ici, Messieurs, que le point absolument scientifique de cette belle étude historique, celui qui touche à la FORCE VITALE DU PAIN, à la composition du grain de froment qui contient en lui, mais en toutes ses parties, sans en excepter une seule, tout ce qui est nécessaire à la restauration des forces épuisées de l'homme, et à sa formation, en attachant à cette expression de *formation*, son sens complet et élevé, formation physique et formation intellectuelle ; *mens sana in corpore sano*.

____

(1) Bordeaux, imprimerie Delmas, 1877, in-8°, de 56 pages, et comptes-rendus du *Moniteur de l'Ain*, 1877, numéros des 3, 10, 13, 17 octobre. — L'auteur du pain des deux testaments est décédé en 1880.

Le grain de blé a en lui tout ce qu'il faut pour nous alimenter complètement. Les hébreux le savaient si bien, mais par l'expérience seule, par l'usage, qu'il ne leur venait pas à l'idée d'aller chercher ailleurs que dans une saine farine et un bon pain fait à leur foyer cette nourriture réparatrice par excellence des forces épuisées ; d'offrir cette réfection aux voyageurs fatigués ; aux pauvres dans le dénument de toutes choses ; à l'hôte de distinction qui se présentait au foyer.

*L'écriture se complaît à louer l'*ÉNERGIE VITALE *renfermée dans la pâte du pain.* Elle dit souvent : « La force du pain, *robur panis.* » C'est qu'en effet, le pain seul suffit pour la conservation de la vie.

Au contraire, s'abstenir de pain, était perdre toute vigueur : « j'ai été frappé comme l'herbe et mon cœur s'est flétri, parce que j'ai oublié de manger mon pain. » (Psalm. 4, 4.) « Et les forces manquèrent à Saül parce qu'il n'avait pas mangé de pain de tout ce jour là. » (I, Reg. XVIII, 20).

Voilà qui est incontestable : les anciens, les Hébreux, reconnaissaient au pain, *une force vitale* exceptionnelle, et nous dirons, nous, en nous réservant d'expliquer plus loin le sens de l'expression : *une harmonie vitale* unique et mystérieuse peut-être ; mais il est évident qu'il s'agit ici d'un pain tout autre que celui que nous achetons chez le boulanger ; il s'agit ici d'un pain sortant d'un froment écrasé sous nos yeux, donnant une farine intégrale, très pure, pétrie et cuite au foyer domestique : Pain nourriture, qu'on appelait PAIN DE MÉNAGE, dont les hommes de mon âge, qui ont été élevés à la campagne, ont encore été nourris et qui ne supporte pas la comparaison, sous tous les rapports, avec le pain fabriqué, dit de boulanger, qu'il soit bis ou blanc.

Au reste, il n'y a pas de doute à avoir sur ce point, car il n'y avait pas de boulangers parmi les Hébreux, dit l'abbé de Vence, comme il n'y en a point encore en plusieurs provinces de l'Orient. Les femmes et les filles faisaient le pain.

En Egypte, au contraire, il yavait des boulangers. L'Ecriture parle du chef des boulangers de Pharaon (Dissertation sur le manger des Hébreux).

Voyons maintenant ce que pensent nos sommités scientifiques sur les vertus du pain comme nourriture, comme base alimentaire.

« Parler du pain, dit M. Ad. Wurtz, professeur de chimie, membre de l'académie des sciences, dans son dictionnaire de chimie générale pure et appliquée : art. *Pain, l'anification.* C'est nommer l'ALIMENT LE PLUS ESSENTIEL DE L'HOMME, celui qui forme la base de l'économie domestique ; et il continue :

« La civilisation n'a pu se développer qu'à partir du moment où les peuplades nomades commencèrent à cultiver le blé, c'est-à-dire à se fixer au sol pour un tempsplus ou moins considérable.

« Les paroles suivantes adressées par un chef indien à ses frères et rapportées par Crèvecœur, nous montrent d'une manière saisissante que cette vérité n'avait pas échappé à l'esprit sagace des tribus de l'Amérique. »

Voici ces paroles, qui peuvent avoir ici une autre valeur pour nous, incités que nous sommes en ces temps-ci à substituer la viande au pain comme base alimentaire. Il est vrai de dire, pour justifier cette substitution, que jamais le pain n'a été aussi inconsidérément dépouillé de ses vertus appétentes et nutritives :

« Le blanc se nourrit de grains et nous de viande. La viande exige plus de treize mois pour se former ; elle est souvent rare, tandis que ces précieux grains de blé que les blancs déposent dans la terre se retrouve au centuple. La viande dont nous nous servons a quatre jambes pour s'enfuir et nous n'en avons que deux pour la poursuivre. Le grain, au contraire, reste là où on le sème et se développe. L'hiver est pour les blancs l'époque du repos ; pour nous, celles des longues et pénibles chasses. Aussi les voyons nous se multiplier de plus en plus et vivre longtemps ; nous, au contraire, nous allons en diminuant en nombre, et notre existence est courte. Je vous prédis donc à vous tous qui m'entendez qu'avant que ces cèdres qui ombragent vos wigwams ne soient desséchés, la race des mangeurs de blé aura détruit la race des chasseurs, si ceux-ci ne se résolvent pas à ensemencer. »

Le savant docteur J. B. Fonssagrives, professeur d'hygiène et de clinique à la faculté de médecine de Montpellier, médecin en chef de l'hôpital de cette ville, n'est pas moins explicite. Dans son répertoire d'hygiène pratique, il insiste sur les vertus du pain comme aliment et sur l'importance qu'il y a à maintenir *les éléments primitifs de composition du grain de blé*, dans les manipulations qu'il subit.

« Le pain, dit-il, est en quelque sorte le type de l'aliment, non seulement à raison de l'extrême diffusion de son usage, mais surtout parce qu'il contient tous les principes nutritifs que la physiologie considère comme indispensables pour la réparation et l'entretien des forces : de la *fécule*, du *sucre*, des *matières grasses* et des *subtances azotées*, notamment du *gluten*.

. . . .

« La donnée de la chimie, en attribuant au pain un pouvoir très réparateur, est singulièrement confirmée par celle de l'expérience universelle, qui attribue au pain des propriétés très réparatrices.

« L'appétence générale que manifestent à peu près tous les peuples pour le pain et ce fait remarquable qu'entre tous peut-être, *il ne provoque jamais la satiété, sont du moins des témoignages en faveur de sa valeur comme aliment.* »

Voici les faits bibliques rappelés plus haut, pleinement confirmés par l'observation contemporaine et la science moderne. Comme nous sommes loin de compte avec la vérité, en plaignant les gens qui n'ont que du pain sec à manger, et en nous ingéniant à introduire dans le régime de la population la viande à dose assez forte.

Mais il faut dire cependant que, pour que le pain seul ou presque seul, alimente, et entretienne les forces suffisamment, il importe qu'il soit tout autre que celui auquel nous sommes forcés d'avoir recours; pain qui n'est plus du pain, mais une espèce de pastiche de pain, un vrai *colifichet humain*, nourriture sans goût, sans saveur, et difficile à manger sec, quand elle est du lendemain.

Cette opinion n'est pas mienne seule; elle est celle de tous ceux et en grand nombre que j'ai interrogés, à la ville et à la campagne. On le verra plus loin au chapitre : Enquête.

« Ce serait une erreur très grave, dit encore le savant professeur, au double point de vue hygiénique et économique, de penser que la qualité du pain s'accroît au fur et à mesure qu'on pousse plus loin le blutage ou l'épuration de la farine qui sert à sa confection. Il n'en est rien : Les travaux de chimistes très autorisés : en particulier, ceux de MM. Millon et Poggiale, ont démontré que le son rejeté comme inutile à l'alimentation contient en réalité plus de matières albuminoïdes et par suite *plus d'azote* que la farine. En épurant les farines avec trop de perfection on affaiblit donc dans une certaine mesure leur pouvoir nutritif.

« Le mieux est quelquefois l'ennemi du bien.

« La rapidité avec laquelle le son engraisse les animaux est un fait de notoriété parmi les paysans et les zootechnistes ; il aurait dû devancer les enseignements de la chimie.

« Un pain trop blanc nourrit moins, est moins sapide, et de plus comme tous les aliments qui abandonnent peu de résidu à l'élaboration digestive, il ne stimule que faiblement les fonctions de l'estomac. Un hygiéniste a insisté récemment sur ce fait et a attribué cette inertie intestinale si commune de nos jours, qui amène tant de désordre dans l'économie, à ce qu'on fait généralement usage d'un pain fabriqué avec des farines trop épurées. »

Et en effet, nos pains blancs de boulanger ne sont pas autre chose que *des pains d'amidon*.

« L'usage du pain poursuit le professeur Fonssagrives se répandit beaucoup chez les Romains.

« Les pains de premier choix se préparaient avec du blé de Campanie. Le pain bis (*panis secundarius*) était fait avec une farine grossière de la quelle on ne séparait pas le son. Auguste le préférait à tout autre. Dans la boulangerie découverte à Pompéi, on a trouvé plusieurs pains arrondis ou allongés en flûte. L'un de ces pains portait en relief l'empreinte *siligo grani* (farine de froment) et les autres *è cicera* (farine de gesse). *Cette précaution prise sans doute pour garantir la fidélité du débit mériterait certainement d'être renouvelée de nos jours.* »

D'un autre côté, nous trouvons pages 55-56 de l'*histoire de l'agriculture dans Seine-et-Marne*, par M. l'abbé Denis, lectures faites à la Société d'agriculture de Meaux ces dernières années, les passages suivants relatifs aux céréales, au blé de diverses espèces ; au pain, et même à la bouillie de farine en usage chez les Romains.

Non seulement ces renseignements ont pour nous un intérêt historique, mais ils nous semblent en avoir un au point de vue pratique, et pour le choix des meilleures semences à faire et pour le choix de la meilleure farine à tirer du grain, et enfin pour le retour à un pain plus naturel et plus salubre.

« Quant aux plantes cultivées par les Romains, dit M. l'abbé Denis, elles étaient aussi nombreuses et presque les mêmes que de nos jours.

« Leurs céréales étaient : le *triticum* ou froment ou blé barbu. On en distinguait trois espèces : La première appelée *rubus*, à cause de sa couleur rouge, ou parcequ'il était meilleur et plus lourd que les autres ; la seconde *siligo* qui était blanche et d'un grain plus net et plus choisi ; on l'employait de préférence à faire le pain : *panis siligineus* ; la troisième est le *tremis striticum bimestre*, blé trémois ou blé de mars.

« Ensuite le FAR, qui était le blé *le plus connu et le plus ancien.* C'est de là que se tire le nom de farine; *c'était le principal aliment des anciens Romains qui le mangeaient en bouillie, car ils furent longtemps sans connaître l'usage du pain.* Le *far* selon Pline, était l'espèce de blé qui résistait le mieux à l'hiver ; i[1] se plaisait dans les sols crayeux et humides, et réussissait également dans les lieux chauds et arrides.

« On comptait encore plusieurs espèces de céréales: l'épeautre qui était appelé **Zéa** ; l'orge *hordeum* ; le seigle *secale* ; le millet *holcus* et l'avoine *avena.* »

Rapprochons-nous de notre temps ; arrivons à la fin du dernier siècle et voyons ce que pensaient alors les hommes compétents de l'époque, sur cette question d'alimentation par le pain, et la valeur qu'il convient d'attribuer aux farines fines, au pain blanc de luxe et au pain de ménage.

En 1775, nous retrouvons la même opinion exprimée sur la valeur comparée des deux pains, et des recommandations aussi pressantes de la part des sommités médicales qui écrivaient alors, soit en Angleterre soit en France, pour combattre la tendance déjà aperçue des populations, à abandonner l'usage du pain de ménage fait dans les familles, pour le pain de boulanger. Mais ici; nous le ferons remarquer ; le fait n'était relevé qu'à la charge de la population des villes, où l'industrie de la boulangerie subsistait et se propageait ; et non à la charge de la population rurale, complètement isolée alors dans ses villages et bénéficiant encore, à ce point de vue, par le défaut de contacts fréquents avec la ville, du bienfait des saines traditions de l'économie domestique.

« Nous recommandons à chaque famille, dit G. Buchan

célèbre médecin anglais, *dans sa médecine domestique* (1) de préparer elle même, non-seulement les liqueurs fermentées, mais encore le PAIN. *Le pain est un objet si essentiel à la vie, qu'on ne saurait apporter trop d attention pour l'avoir pur et salubre.* Pour cet effet, il est nécessaire de n'employer que du bon grain. Il faut qu'il soit travaillé convenablement, et qu'il ne soit mélangé d'aucuns ingrédients malsains. Cependant nous sommes forcés de convenir que ce n'e t pas là toujours la conduite de ceux qui en font commerce.

« Leur objet est plus tôt de plaire à la vue, que de consulter s'il peut nuire à la santé.

« Le *meilleur pain* est celui qui n'est ni trop lourd ni trop léger, qui est fermenté, qui est fait de bonne farine de froment, ou plutôt *de froment et de seigle* mêlés ensemble (T. 1. p. 182 à 187.)

Autre part, au chapitre : *Régime, aliment* (t. 3. p. 252-253.) Buchan, pour engager à se maintenir en bon état de santé s'exprime ainsi :

« Elles (les personnes) mangeront du pain de seigle ou fait de froment et de seigle, *et jamais du pain de froment pur*, SURTOUT DE CELUI QUI EST FAIT DE F.NE FLEUR DE FARINE.

Le docteur Duplanil, dans sa traduction française (1775) de l'ouvrage de Buchan, cherche à se rendre compte des causes de cette défection progressive, en France, de la population urbaine pour le pain de ménage, et il s'exprime comme il suit à ce sujet, dans ses annotations.

« Il y a *cent ans*, dit notre compatriote (ceci nous reporte pas conséquent à la date de 1675, puisque l'épître dédicatoire de cette traduction de l'ouvrage de Buchan à M. Lieutaud

(1) Médecine domestique ou moyen de se conserver en santé, par G. Buchan D. M. du collège royal des médecins d'Édimbourg, 4ᵉ édit. revue sur la 10ᵉ édit. de Londres, Paris 1789.

premier médecin du roi et membre de l'académie des sciences etc. etc... est daté du 15 mars 1775).

« Il y a cent ans (ce qui ferait aujourd'hui 209 ans), qu'il n'y avait pas de famille qui ne fît son pain elle-même ; et il n'y en a pas cinquante que dans les villes, MÊME A PARIS, *les bourgeois et le peuple avaient encore leur huche et leur pétrin ;* instrument dont nos enfants ne connaîtront bientôt plus le nom, et dont nous n'avons d'idée que pour en voir quelques fois dans les campagnes.

« A quoi peut-on attribuer, continue le docteur Duplanil, cette négligence pour L'ALIMENT LE PLUS AGRÉABLE, LE PLUS UTILE ET LE PLUS NÉCESSAIRE, si ce n'est à cette indifférence pour tout ce qui regarde la santé, et à cette avidité du gain, qui ne permet pas de sacrifier le moindre temps A LA CHOSE DE LA VIE LA PLUS INDISPENSABLE ?... Mais le *luxe* y a sans doute la plus grande part. »

Ces causes subsistent toujours et partout; mais, pour la population rurale qui tend à imiter la population urbaine, il y en a d'autres. L'enquête à laquelle je me suis livrée, près d'elle, les fera connaître et je les crois remédiables.

Voici qui témoigne encore plus anciennement des *préoccupations de nos ancêtres pour tout ce qui était essentiel à la vie humaine,* et de leurs procédés faciles, pratiques et naturels, pour améliorer une nourriture aussi bonne que le pain, et surtout qu'on veuille bien le remarquer, tirer parti au profit de cet aliment, de tous les éléments nutritifs que peut contenir le grain de blé...... Comme nous sommes loin de nos procédés actuels toujours réputés progressifs, et qui le sont peut être au point de vue de certaines industries étrangères à la manutention du pain, mais qui ne le sont certainement pas au point de vue de cette manutention, et de la fabrication du pain : *nourriture de l'homme.* A ce point de vue là, répétons le mot du professeur Fonssagrive ; *le mieux poursuivi a été l'ennemi du bien.* Nous avons été à reculons, et soit dit en passant, en cela comme en beaucoup d'autre choses.

Je lis dans un petit ouvrage qui remonte à plus de deux siècles, 1671, ce quil suit, au livre intitulé : *de la ménagerie* chap. XIX, p. 357 (1).

« *Pour faire du pain beaucoup plus substantiel que l'ordinaire.* »

« Voulant faire du pain prenez le *son* que l'on a bluté et le mettez dans une chaudière d'eau et le faites bouillir, puis le passez et paitrissez votre pain de cette eau blanchie, et il sera beaucoup plus substantiel, et vous aurez *un quart* plus de pain qu'à la façon ordinaire » (1).

On savait donc déjà dans ce temps là, et par le secours seul de l'observation, puisque la chimie était science à peu près inconnue, que cette partie du grain de blé qu'aujourd'hui nous rejetons, le son, recèlait en elle même des éléments essentiels de nutrition.

Mais, recherchons maintenant si la science moderne, si la chimie appliquée à l'industrie de la mouture, d'où nous tirons les farines destinées à la consommation ratifie les observations anciennes de la pratique. Les chiffres que nous allons citer, sont extraits *du dictionnaire général de chimie pure et appliquée de M. le professeur Ad. Wurtz.*

II

Le mot de la science sur le pain : — Sa provenance et ses éléments. — Opinions de deux docteurs.

D'abord, il est bon que nous sachions quel est le travail de nos grandes minoteries, aujourd'hui, de ces belles usines qui

(1) Recueil de curiosités rares et nouvelles..... etc... par le sieur d'Emery, à Paris, chez Louis Vendôme, Cour du Palais, 1674

fournissent les farines de diverses qualités aux industries qui les utilisent. — Je cite M. Wurtz :

« La mouture dite *économique*, ancien procédé encore usité dans quelques localités de France, surtout dans les usines de campagne :

« Ne donnera pas moins, d'une quantité donnée de grains de froment : de cinq qualités différentes de farines, plus le son gros et petit et les recoupes.

« La mouture américaine ou anglaise en donnera deux : La farine à pain blanc et la farine à pain demi-blanc, plus les sons gros et menus.

« Mais la mouture dite à gruaux : méthode destinée à fournir de belles farines blanches pour pains de luxe donnera *cinq espèces de farine* ; plus le son, la recoupe et le remoulage. »

Or, nos anciens petits établissements de *mouture* qui étaient autrefois disséminés dans le pays : soit moulins à vent, soit moulins à eaux, et qui ne travaillaient *qu'à façon*, à la demande des cultivateurs, et suivant leur besoin, ne donnaient que trois produits : La *farine à pain de ménage*, le *son*, le *remoulage*.

Grain de blé. — Un grain de blé se compose, en allant de la surface au centre :

Premièrement : à l'extérieur de plusieurs enveloppes à peine colorées (péricarpe, testa, membrane embryonnaire), facilement éliminées dans la mouture et constituant ce qu'on appelle le *son*.

Secondement : d'une partie interne, au bas de laquelle se trouve l'embryon, et constituant *le noyau farineux*.

Ce noyau farineux, mélange *d'amidon* et de *gluten*, est d'autant plus tendre et moins corné que l'on se rapproche du centre. Aussi, à ce point de vue, les Meuniers le divisent-ils en trois zones bien distinctes de mouture, destinées à fournir des farines de qualité différente.

La décortication et la mouture permettent d'isoler assez

exactement la partie externe composée de tous les tégumens ci-dessus, *les quels sont imprégnés de Silice et de sels minéraux.*

Je souligne ces derniers mots afin que le lecteur, dans tout ce qui va suivre, ne perde pas de vue cette source précieuse et *toute naturelle* d'éléments inorganiques, dont il aura plus loin, en son lieu et p'ace la nomenclature ; et qui sont nécessaires à notre constitution et puis qu'en outre, il s'explique l'efficacité sur la santé, dans certains cas de faiblesse constitutionnelle, des pains spéciaux, dits — *Pains de son* — *pains hygiéniques*, que depuis un certain temps les médecins éclairés sur ce point et par la tradition et par la science, prescrivent comme médication.

FARINE. — La partie interne du noyau farineux, qui est la plus tendre, donne une farine très blanche et très fine (fleur), mais pauvre en gluten et partant, peu nourrissante. — La zone qui enveloppe cette partie centrale est plus dure ; elle donne à la mouture le *gruau blanc.* Ce gruau, réduit en poudre et mélangé à la fleur constitue la farine ordinaire POUR PAIN BLANC (1).

On remarquera ici que les farines sont d'autant plus fines et blanches qu'elles contiennent moins de principes azotés et albuminoïdes ou de gluten, lequel est gris, d'où la couleur grise ou moins blanche du pain où ces principes dominent.

Quant aux pains faits avec les farines blanches et fines, ils sont nécessairement blancs, couleur auquel, par préjugé, le public tient. Cette couleur blanche est due à *l'amidon*, matière amylacée hydrocarbonée, sans azote, et *ayant une affinité grande pour l'eau.*

Or, on sait quelle est la propriété éminemment astringente de l'amidon. On ne doit donc pas être étonné de son action sur les organes, lorsqu'elle devient par le pain la base de l'alimentation. Ainsi, d'après ce qui précède, non-seulement le pain

(1) Wurtz. — Chimie générale.

ordinaire, dit *blanc*, est très peu nutritif par sa composition même ; mais, par cette composition encore, il a une action alonisante sur le tube intestinal (1).

Maintenant si nous faisons entrer en ligne de compte la mauvaise fabrication et les sophistications possibles ; qu'on juge par cela même de la défectuosité de cette nourriture ! (2)

M. Wurtz donne le tableau fort instructif du nombre de prin-

(1) Bucham ; Médecine domestique. — Foussagrives ; Dictionnaire de la santé.

(2) A la deuxième lecture de ce rapport à la Société d'agriculture de Meaux, le 2 février, à propos de la mouture actuelle dont on tire des farines plus ou moins nutritives et par conséquent plus ou moins amidonnées, votre président, M. Émile Gatellier, appuyé en son observation par M. de Lignières, a fait remarquer que la richesse du grain de blé en gluten pouvait beaucoup varier non-seulement suivant l'espèce ou la variété du blé ensemencé, mais aussi suivant la composition du terrain où il croît, et aussi surtout suivant les qualités d'engrais dont le sol est saturé et qu'ainsi, par exemple, un blé semé sur betteraves où les phosphates dominent, était notablement moins pourvu de matières azotées et par conséquent moins riche en gluten ; mais que, d'un autre côté, quand le cultivateur cherchait à faire prédominer les éléments azotés et albuminoïdes il s'exposait à la verse. — Ces observations prouvent que la science, souvent en voulant trop bien faire, dépasse le but et sort de ces règles naturelles et de juste moyenne en toutes choses, qui donnent le *vrai bon.*

Maintenant, que le grain de froment contienne, suivant sa provenance, plus ou moins de substances azotées et de gluten : comme ses substances maîtresses, je dirai, sont toujours inégalement réparties dans les zones qui composent le noyau farineux, mais toujours aussi en plus forte proportion *dans les zones externes ;* il n'en reste pas moins rationnel, quand la mouture se propose de produire des farines pour la consommation, de faire de l'ensemble de toutes ces zones ou de tout le noyau farineux UNE SEULE ET MÊME FARINE, et non pas des farines de qualités diverses. — C'est ce mode de faire qui prévalait autrefois dans nos petites minoteries à façon ; c'est de là que sortait cette farine intégrale dite *farine à pain de ménage,* avec laquelle nos pères faisaient leur pain ; c'est cet ensemble de procédés que réclament les cultivateurs ; c'est ce dont se trouvera très bien la population urbaine elle-même, mieux éclairée aujourd'hui sur ses vrais intérêts, puisque bon nombre de familles reviendrait à ce pain s'il lui était fait ; et c'est, au résumé à ce système qu'il faudra revenir.

cipes immédiats dont la farine de blé est un mélange, en distinguant, point important pour nous, la farine fine et la farine grossière. Nous ne relevons ici dans chaque catégorie que les principes, que j'appellerai les PRINCIPES MAITRES, parce que c'est d'eux que l'organisme tire l'élément par excellence du sang, LA FIBRINE, principe que nous allons chercher bien loin dans la chair des animaux, quand nous l'avons à notre portée, quand nous pouvons la recevoir directement et sous la forme la plus simple, dans le grain de froment; mais à cette condition, toutefois, de ne rien distraire de cette graine qui puisse en modifier la composition :

QUOTITÉS DE MATIÈRES ESSENTIELLEMENT NUTRITIVES,
OU PRINCIPES ORGANIQUES CONTENUS DANS LA

	Farine fine à pain blanc.	Farine grossière à pain bis.
Albumine, Gluten ou Fibrine, Azote . . .	12,363	15,613

Plus du quart en excès en faveur de celle grossière ou à pain gris.

« Les conclusions que l'on peut tirer de l'analyse chimique
« des diverses parties des graines de céréales séparées par la
« mouture, dit M. Wurtz, ne laissent pas que d'avoir UNE
« GRANDE IMPORTANCE DANS LA THÉORIE DE LA NUTRITION PAR
« LE PAIN. »

C'est parce que nous avons été pénétré de cette importance, que nous suivons pas à pas le savant chimiste dans le faisceau de déductions scientifiques si méthodiquement réunies dans son ouvrage de chimie générale pure et appliquée, déductions venant donner raison aux observations de nos aïeux, à leurs habitudes de vie, et à la vieille méthode de panification au foyer domestique toujours préconisée par les hygiénistes ; méthode à laquelle étaient encore fidèles les populations rurales *il y a 30 ans.*

Nous allons relever quelques chiffres indispensables à connaître.

AMIDON-GLUTEN.—(Principes organiques).— Suivant la provenance du blé, les proportions de ces éléments varient ; mais, fait essentiel à enregistrer ! c'est principalement en *gluten* que la différence se fait remarquer.

D'après M. Péligot :

La proportion de *gluten* s'élève à 8,1 0/0, quotité minima ; dans le blé de Provence et à 19,8 0/0 quotité maximum trouvée dans le blé de Pologne, n. 4.

La proportion d'*amidon* varie peu. Elle oscille entre 55,1 et 66,1 ; et, c'est le blé n. 2 de Provence à quotité minimum de gluten qui donne la proportion maximum d'amidon.

« CE FAIT, dit M. Wurtz, MÉRITE DE FIXER L'ATTENTION DES « CULTIVATEURS. »

Et, en effet, il nous semble, en s'appuyant sur ce fait, et d'autres qui y sont correlatifs, comme on va le voir, que les cultivateurs seraient bien venus dès lors de choisir leur semence, et lorsqu'ils se proposent de fournir du blé pour l'alimentation publique, de se procurer les variétés de froment où les principes azotés (*Gluten*) dominent et lorsqu'ils se proposent de fournir cette céréale à l'industrie, de s'attacher de préférence aux variétés où l'élément amylacé (*amidon*) l'emporte. Puis, de le faire connaître et de dire : *blés à pain* ; *blés à matières industrielles.* Et ces blés seraient moulus en conséquence : les premiers pour donner une seule farine, le remoulage et le son en provenant ; les seconds pour donner toutes les farines fines et blanches recherchées par les industries diverses (pâtes alimentaires, pâtisseries, amidonneries) (1).

Une remarque importante due à MM. Mayer et Boussingault et rapportée par M. Wurtz, est celle-ci :

D'après ces deux chimistes :

« A une augmentation dans la proportion des matières albu-« minoïdes correspond *un accroissement d'acide phosphorique.* »

On peut en déduire de suite cette conséquence : c'est que le phosphore étant un principe indispensable à notre organisme (les os et le système cérébro-spinal), il y a pour nous, à cet autre point de vue, nécessité de nous nourrir d'un pain fait d'une *farine qui soit la plus riche possible en matières albuminoïdes phosphatées.*

Voici dès lors, à cet égard, une proportionalité dont il est bon de prendre note. Je néglige celles relatives aux autres principes immédiats, principes dont le rôle, quoiqu'utile aussi pour notre formation, n'a pas le même degré d'importance.

Proportion de gluten et de matières azotées contenue dans le

Blé dur d'Afrique.	19,50
Blé demi-dur de Brie.	16,25
Seigle.	13,50
Orge.	13,96
Avoine.	14,39
Maïs.	12,50
Riz	7,05

(1) Cette distinction a déjà lieu pour l'industrie sucrière indigène; et nous ne voyons pas pourquoi elle ne se ferait pas pour l'industrie de la mouture. Les fabricants de sucre de betteraves imposent aux cultivateurs la culture d'une espèce spéciale, très saccharifère; elle est moins grosse que les autres ; ils ne reçoivent que celles-là dans leur usine. Et pour qu'il n'y ait pas d'erreur possible ils en fournissent eux-mêmes la graine. Voilà, certes, des précautions et que nous sommes loin de blâmer; bien au contraire.

Un autre fait remarquable relevé par M. Reiset, est celui-ci :

C'est que ce sont les grains *les plus petits* d'une récolte qui sont les plus riches en gluten ; les *gros grains*, par contre, contiennent plus d'amidon et par conséquent plus d'eau.

C'est ici le lieu de faire part d'une observation qui m'a été faite par M. l'aumônier de l'abbaye de Flavigny-sur-Moselle, lorsque je m'y arrêtai comme station archéologique, avec un compagnon de voyage attiré par ses études et auquel, pour ce qui me concerne, ne perdant pas de vue mes recherches sur le *pain de ménage*, je soumis au vénérable ecclésiastique qui voulait bien nous servir de *cicerone*, la question de l'alimentation panaire. On trouvera plus loin, à sa place, ce qu'il m'en dit. Mais, dans le cours de notre dissertation sur ce sujet, il insinua l'observation suivante, sur un point cultural, qu'en érudit très au courant, comme on va le voir, des expériences récemment faites sur la chimie appliquée à la physiologie végétale, il fût à même de faire avec autorité.

« Ne conviendrait-il pas aussi, Messieurs, nous dit M. l'aumônier, de faire entrer en ligne de compte, dans notre pays, tout au moins (la Lorraine), ne sachant pas ce qui se passe ailleurs, pour expliquer la moins bonne qualité du pain, infériorité résultant d'une moins bonne qualité de la farine de froment, comparée à ce qu'elle était autrefois : *La funeste habitude qu'on prend aujourd'hui de couper le blé trop tôt, c'est-à-dire avant sa complète maturité.*

« Vous savez, monsieur, qu'au moment de la maturité des plantes, les matières azotées et phosphatées qui doivent tout spécialement entrer dans la composition de la graine, viennent s'agglomérer peu à peu dans la partie élevée de la tige, aux abords des organes de la fructification, pour de là, concourir à la formation complète du fruit. Or, en coupant le blé trop tôt, cet afflue de matières propres n'a pas le temps de se faire ; et la meilleure partie, la partie la plus substantielle du grain reste dans la tige. *Autrefois, quand j'entrais dans les greniers de nos paysans, j'y voyais des amas de grains bien dorés et brillants ; aujourd'hui le blé est gris et terne ; ces tas de grains n'ont plus du tout le même aspect.* »

Le 13 septembre 1880, quand nous eûmes cette conversation avec M. l'aumônier de l'abbaye de Flavigny, notre interlocuteur pouvait avoir 70 à 72 ans.

Cette observation peut être fondée pour la Lorraine, et dans tous les cas, doit être prise en note par les cultivateurs de tous pays ; mais il se peut aussi, et le fait est même certain, c'est que les diverses variétés de froment cultivées aujourd'hui en France, donnent des grains qui ne se ressemblent ni comme forme, ni comme aspect et dont la composition élémentaire peut n'être pas la même, toutes choses égales d'ailleurs, ce qui doit influer sur la qualité de la farine.

Son. — (*Sels minéraux ou matières inorganiques*). — Le son qui, ainsi que les cultivateurs le savent bien, n'est autre que l'ensemble des pellicules qui recouvrent les diverses parties du grain (le noyau farineux ne donnant que la farine) est le réceptacle à peu près exclusif des sels minéraux renfermés dans le grain, et ces éléments inorganiques, quoique remplissant un rôle moins important dans la fonction de la nutrition, n'en ont pas moins leur raison d'être. Il nous les faut dans une certaine mesure. Si nous ne les puisons pas dans le pain qu'on nous prépare, il faut que nous les trouvions ailleurs, ce qui n'est pas toujours facile ; et quand le corps en est trop dépourvu, nous tombons dans un état qui oblige les hommes de l'art à nous les réintroduire dans l'économie, *artificiellement*, cas qui s'offre à nos observations aujourd'hui malheureusement trop fréquemment, sous ces apparences morbides, qu'on appelle : *anémie, maladie nerveuse, appauvrissement du sang.*

Les analyses suivantes que je ferai suivre de faits : les uns anciens, mais qui passent inaperçus, et les autres tout nouveaux que j'ai recueillis récemment, le prouveront surabondamment.

D'après M. Boussingault :

100 parties de cendres de froment, contiennent :

Potasse	30,12
Soude	» »
Magnésie	16,26
Chaux	3,00
Acide phosphorique	48,36
Acide sulfurique	1,01
Silice	1,31
Oxyde de fer	» »

Il résulte de cette analyse que le froment contient comme substances minérales *principales* :

Veuillez le remarquer:

Des phosphates de potasse et de magnésie.

Mais, si maintenant nous comparons la teneur, en sels minéraux, de la *farine* et du *son*, les deux produits qu'on extrait du grain de froment.

Nous trouvons que :

1,000 parties de farine de froment contiennent : sels minéraux 5,5, renfermant 2, 1/3 d'acide phosphorique; et 1,000 parties de son de froment renferment 53 à 60 parties de phosphates.

Ces chiffres nous montrent qu'en isolant le son de la farine, et en multipliant les blutages de la farine pour obtenir un pain plus blanc qui plaise à l'œil, nous nous privons d'un principe important et nécessaire à l'économie : les phosphates alcalins et alcalins-terreux.

(Phosphate de potassium et phosphate de magnésium et de calcium).

Or, on n'ignore pas l'usage fréquent que la thérapeuthique fait aujourd'hui de ces substances : iodure et bromure de potassium, pour combattre les affections nerveuses.

J'ai dit que citerai des faits. Les faits anciens sont ceux-ci :

Nos ancêtres et nos pères qui consommaient à leur ordinaire moins de viande que nous et qui avaient pour base alimentaire le *pain*, mais un *pain bis*, le produit à peu près intégral de leur blé, avaient une bien autre constitution physique, et j'oserai dire un bien autre moral que nous, car tout se tient et se solidarise dans la constitution, dans le tempérament. Et nos religieux du moment présent, corps d'élite au milieu de nous, et dont les remarquables travaux de toute nature témoignent d'une certaine solidité constitutionnelle physique et intellectuelle, ont toujours su ce qu'ils faisaient en s'imposant p'utôt la règle du régime végétal que celle du régime animal. Et le pain de ménage, le pain biblique, le pain de nos aïeux est resté dans la tradition de leur économat.

Je l'ai trouvé à la *Chartreuse de Valbonne* (Gard), en 1851, 1852, où je m'arrêtais, comme hôte étranger, pendant que j'étais occupé aux opérations forestières de la forêt domaniale de ce nom qui circonscrivait le monastère. Je l'ai retrouvé encore en décembre 1863, à *l'abbaye de Notre-Dame des Dombes*, de récente création, où les trappistes venaient d'être ins'allés à la demande des populations, pour les travaux d'assainissement de cette région marécageuse et pestilentielle. Le début de leurs beaux travaux m'y avait attiré.

Partout, à la table monacale, il me fût servi la petite miche de pain bis, ronde, bien cuite, à croûte épaisse, à mie persillée, et dont la saveur et le parfum étaient un régal et le meilleur des apéritifs. Aussi, à ces repas, c'était naturellement le pain qui, par sa succulence, devenait la base du repas. Nos cultivateurs le savent aussi ; mais les circonstances économiques actuelles ont été plus fortes que leur volonté ; et réduits à leurs seules ressources individuelles pour lutter, ils ont dû céder, et le pain de ménage a été remplacé dans leur régime, par le pain de boulanger.

Les faits plus récents les voici:

En 1869, M. le docteur Dumont, de Couilly-Saint-Germain, dont j'ai été momentanément le client à Crécy-en-Brie, m'ordonna et ordonnait à nombre de clients, hommes ou femmes, jeunes ou vieux, qui, sans être malades, alités, souffraient, et n'étaient pas comme on dit dans leur état normal, me prescrivit *l'usage ordinaire d'un pain bis*, fait d'une bonne farine de froment MÉLANGÉE D'UN PEU DE CELLE DE SEIGLE, mélange pétri à l'eau de son et saupoudré de *gros son.* Il avait pu obtenir d'un boulanger de la ville, la confection de cet aliment. Mais il faut dire que cet honnête boulanger s'appliquait à le bien faire. Et ce pain d'une facile digestion était tellement agréable et bon, qu'il était recherché par les personnes auxquelles il n'était pas ordonné.

Le seigle, dont la farine est mêlée avantageusement avec la farine de froment :

Donne, en farine grise. . . . 11,88 p. 0/0 de matières azotées.
Et en farine fine . . . . . . 8,06 id.

Puis, quant aux sels minéraux, nous trouvons cette farine un peu plus riche en acide phosphorique que celle de froment et le son de même richesse en sels pho phatés que celui du froment (1).

Ainsi, en mêlant de la farine de seigle à la farine de froment: ce qui rend le pain plus rafraîchissant, et ajoute à sa saveur un arôme agréable: on renforce encore sa qualité nutritive, par un excès de principes albuminoïdes et on ajoute à *sa vitalité*, par un supplément d'acide phosphorique.

Il y a donc tout avantage, tous bénéfices je dirai, à mêler de

____

(1). Wurtz. Dictionnaire de chimie générale.

la farine de seigle à celle de froment, pour l'usage d'un bon pain ordinaire de ménage. Au reste, tous les pains de ménage faits en Brie autrefois contenaient une certaine quantité de seigle : maisons riches ou maisons pauvres.

En 1881, M. le docteur S... chef des travaux du laboratoire de clinique à la faculté de médecine de Paris, et médecin directeur des eaux thermales de Lavey (Suisse) pendant la saison d'été, où je me trouvais à cette date, me dit ceci, sur la question d'alimentation *pain*, dont je l'entretins, à propos de l'abandon du pain de ménage par nos populations rurales.

« Vous avez raison de vous occuper de cette question. Elle commence à préoccuper le corps médical; faites nous connaître vos observations et votre opinion là dessus. Le pain de boulanger provient, vous le savez, d'une mauvaise farine, *d'une farine peu alimentaire*, d'une farine d'où l'on a extrait la partie la plus nutritive et la plus rafraîchissante du grain, dans le but d'en faire un *pain très blanc*.

« Erreur et préjugé de la part de la population, de la masse de la population qui, en cela, a cru bien faire, en prenant exemple sur la classe riche, qui, elle, pourvue d'accessoires nutritifs (viandes, poissons, etc.), peut à la rigueur, abandonner l'aliment pain et chercher à se faire servir *un pain de luxe* qui flatte l'œil sur la table et dont le goût et la saveur soient nuls.

« J'ai obtenu, ajouta-t-il, d'un boulanger de Paris qu'il préparât UN PAIN, avec le produit d'une mouture de froment qui contint toutes les parties du grain, *même le son* ! C'est-à-dire toutes les pellicules du blé. Ce pain bien fait est très bon et *lui seul remp'it les conditionsvéritablement hygiéniques*.

Mais, maintenant, dis-je au docteur, comment ramener la population à *l'usage du pain bis*, que l'on doit considérer comme le vrai pain, comme celui se rapprochant le plus de votre pain hygiénique type... ?

« Il va falloir, reprit-il, que la population riche, que les hautes classes se mettent à l'adopter elles-mêmes..... et les classes pauvres à la longue suivront. Il n'y a que ce moyen pour les faire revenir de ce préjugé si enraciné aujourd'hui chez elles, *que le pain blanc est le meilleur...* ! La population continua-t-il, a perdu la juste notion alimentaire ; il faut la lui réapprendre par la voix publique (cours, conférences, écrits populaires...) »

C'est ce que je pensais aussi lui répondis-je.

Lavey, canton de Vaud (Suisse), 28 juillet 1881.

Je pense que lecteur ne se méprendra pas ici. Il ne s'agit pas d'après le docteur S..., de substituer, pour l'usage ordinaire, au pain blanc ce pain hygiénique, composé d'une mouture totale de grains de blé, c'est-à-dire d'une farine qui renfermerait toutes les parties du grain écrasées, y compris ses pellicules, pellicules qui dans la mouture pratique forme le *son* mis à part.

Ce pain hygiénique est un pain thérapeutique et reconstituant, un pain de malades et de débiles, à ordonner et ordonné dans des cas exceptionnels, comme base alimentaire.

Or, tel n'est pas le pain bis de ménage dont nous nous occupons dans ce rapport, pain qui tend à disparaître de notre économie domestique à notre détriment, et dont l'usage, très probablement, rendrait rare la prescription de ce pain hygiénique.

Quoiqu'il en soit, il est fort à propos d'en avoir trouvé la formule, parce que dans des temps de disette, il pourrait être substitué alors aux pains ordinaires *à cause de sa dose maximum d'éléments nutritifs.* Car, en ces temps difficiles, si avec une poignée de grains; qu'on me passe l'expression ; l'on peut arriver au même degré de satiété qu'avec deux, pourquoi pas le faire ? La population, en ces moments, trouverait sa nourriture, et *une très saine nourriture*, dans une quantité moindre d'approvisionnement. Il vaudrait mieux cela que de manger des animaux répugnants ou des viandes infectes.

Voici l'opinion non moins importante d'un autre docteur de la même faculté, dont la notoriété et la haute expérience dans notre localité ajoutent un appoint décisif à la solution de cette question. Je transcris littéralement cette opinion exprimée tout au long, sur les questions que je me permis de lui poser le 18 juin 1881 :

« Mais vous avez cent fois raison, me dit le docteur D..., et vous pouvez, sans hésiter, écrire ce que je vais vous dire :

« Ce qui devrait être le plus surveillé et contrôlé ne l'est pas...

« L'autorité se préoccupe de détails insignifiants et oublie le principal...

« Ainsi, elle va pourchasser une laitière, parce qu'elle mettra un peu plus d'eau qu'il n'est toléré dans son lait...

« Un pharmacien qui utilisera de la dextrine comme principe gommeux, au lieu de gomme arabique, etc , etc., elle fera de tout cela un cas pendable.

« Et elle ferme les yeux sur la mouture et la panification.

« Il y a là faute grave.... *Sollicitude inconséquente de l'autorité pour la santé publique.*

« Nous tous, membres du corps médical, et je parle ici des esprits sérieux, nous avons la plupart considéré comme une mesure fatale pour l'alimentation publique, la déclaration de la liberté des commerces de la boulangerie et de la boucherie, parce que la concurrence devait infailliblement amener la réalisation de toutes espèces de supercheries. En matières d'alimentation publique, *le principe de la liberté ne saurait être appliqué d'une manière absolue et le contrôle, l'intervention de l'autorité sont des mesures dont la nécessité ne peut faire doute.*

« Cette opinion de ma part ne peut être suspecte, car, vous le savez, je suis un républicain de vieille date ; mais la vérité d'abord, et avant tout. »

Je ne terminerai pas cette partie technique de l'étude, sans faire connaître au lecteur le résultat de recherches fort curieuses entreprises par un jeune chimiste, pour paralyser l'altération de l'amidon et du gluten dans le travail de la panification, recherches qu'eût la bonté de me rappeler M. le docteur S..., pendant notre colloque à Lavey, et qui du reste ne m'avaient pas échappées.

D'après les récents travaux de M. Mège-Mouriés, la membrane embryonnaire du grain de froment, membrane qui fait partie du son, contient un ferment actif, la CÉRÉALINE, qui joue un rôle important dans la panification par la propriété qu'il a de *saccharifier* et même d'*acidifier* l'amidon, et d'altérer le gluten, en convertissant ce dernier en une matière brune gommeuse, d'où la conséquence, pour les farines grossières et qui contiennent du *son*, matières cependant bonne à introduire dans la farine à pain, de donner lieu à du pain un peu *acide* et brun.

L'étude des propriétés de la céréaline a donc conduit ce chimiste à proposer un *nouveau procédé de panification*, qui consisterait, par l'adjonction à ces farines peu blutées et contenant du son, d'une certaine quantité d'*alcool* et de *sel marin*; substances propres à enrayer l'action de la céréaline; d'éviter cette acidité et cette coloration brune et finalement de *pouvoir fabriquer du pain blanc avec des farines à pain noir* ; c'est-à-dire un pain ayant toutes les qualités de l'ancien pain de ménage, plus la belle apparence du pain de boulanger.

Ce serait là, à coup sûr, une heureuse découverte dans ce sens qu'elle parerait à un inconvénient grave: à savoir, l'altération des deux principales parties constituantes de la farine, l'amidon et le gluten, principes qu'on doit s'attacher à conserver purs dans le pain. Mais là, ce nous semble, doivent s'arrêter les efforts de M. Mège : le désir d'avoir un pain très blanc étant un préjugé puéril de la part de la population et le gluten pur ou non altéré, gris de sa nature, ne pouvant pas fournir un pain qui soit très blanc.

III.

Enquête en Brie. — Opinion de la population rurale sur la valeur des deux pains. — Pourquoi l'on ne cuit plus au foyer domestique. — Déficits pécuniaires par l'usage du pain de fabrique. — Recherches et renseignements ailleurs.

Pour établir la situation alimentaire *pain* en Brie d'abord, et accessoirement ailleurs, il fallait que je me misse en rapport avec la population, puis, que je n'omisse jamais l'occasion — dans mes voyages — comme dans mes relations, de mettre la conversation sur ce point et de questionner. C'est ce que je n'ai pas manqué de faire depuis 1878. En Brie, cette espèce d'enquête a été plus immédiate et plus pressée, si je puis dire. Dans nos arrondissements de Meaux et de Coulommiers, j'ai pris une tâche de 20 à 25 communes, dans lesquelles je suis allé au fur et à mesure que les circonstances m'y attiraient, et me mettant en rapport avec des notoriétés locales, choisies parmi les plus anciens habitants, j'ai obtenu d'elles : 1° les renseignements exacts qu'il m'importait de connaître, sur les qualités comparées du pain de ménage fait dans les familles et du pain de fabrique ou de boulange ; et 2° en ce qui touche la population rurale ; sur les causes de l'abandon progressif par elle de l'usage du premier pour le second.

J'ai interrogé aussi, dans les corporations des boulangers et des meuniers, des membres capables de me renseigner sur les points qu'il m'importait de connaître : notamment la raison de la prédilection, par la population urbaine plus particulièrement, du *pain blanc* de préférence au *pain bis*, et de la raison qui s'opposait à ce qu'ils fabriquassent (ceci s'adressait aux boulangers) dans leur officine l'ancien pain de ménage, réputé unanimement si bon et si bienfaisant.

Les dires de chacun, soit en Brie soit ailleurs, ont été transcris littéralement par moi, avec les initiales et la qualité de chacun et datés du jour où je les ai reçus.

Cela compose un chapitre fort curieux de ce rapport et qu n'est pas, je le crois, le moins intéressant.

Voici d'abord le tableau comparé, mais résumé pour un certain nombre de communes de nos environs : *de la population totale, du nombre de feux, et des ménages où l'on cuit* dans ces foyers.

DÉPARTEMENT et arrondissements.	COMMUNES.	POPULATION TOTALE.	Nombre de feux ou de ménages.	Nombre de ménages où l'on cuit encore le pain soit toute l'année, soit intermittaum.	OBSERVATIONS.
SEINE-ET-MARNE. — Arrondissements : de Meaux et de Coulommiers.	Villenoy, Neufmontiers, Penchard, Grégy, Bouleurs, Sancy, Vaucourtois, Coulommes, Signy-Signets, Germigny-l'Evêque. Montceaux, Crécy-en-Brie, La Chapelle-sur-Crécy, Voulangis, Villiers-sur-Morin, Tigeaux, Pierre-Levée, Quincy-Ségy.	8893 habit.	3121 feux.	624	Un certain nombre de familles cessent de cuire pendant les grands travaux de la campagne, à La Chapelle-sur-Crécy. — D'autres ne cuisent que l'hiver, à Voulangis. — A Crécy, population urbaine ; et à Tigeaux, population ouvrière ; persoune ne cuit.

Ainsi, sur une population de 8,893 habitants, représentant 3,121 ménages, l'on ne compte plus que 624 maisons, un cinquième, où l'on cuit encore le pain. Ce nombre, si l'on reste absolument dans les mêmes conditions domestiques, évidemment diminuera. Il obéira à la loi de décroissance qui a commencé à se faire sentir il y a environ 30 ans. On s'accorde à dire qu'il y a 30 ans, période maximum, tous les ménages ruraux en Brie, à très peu d'exception près, cuisaient encore leur pain et se montraient satisfaits du pain qu'ils faisaient.

Quelles sont donc les causes qui ont amené peu à peu la population des campagnes, soit dans notre région, soit ailleurs, à abandonner la coutume de faire son pain elle-même ?

La grande cause, la principale cause de cette défection, non-seulement en Brie, mais dans d'autres régions, a été la disparition, à proximité du producteur, du paysan, des petites minoteries à façon, où le cultivateur pouvait aller, comme ils disaient, *à la petite monnaie*, c'est-à-dire apporter au meunier son sac de blé, blé de sa récolte, puis remporter chez lui le produit intégral de sa mouture, produit se composant *de la farine*, d'une seule et même farine, du remoulage et du son. Et c'était avec cette farine, farine dont le producteur connaissait l'origine, que l'on faisait et pouvait faire le pain de ménage, pain excellent comme goût, comme arôme et comme salubrité.

Or, depuis 25 à 30 ans, et plus, les petites minoteries dans notre pays de Brie, comme dans quelques autres régions ont disparu et il s'est établi à leurs places, de grands établissements qui ne peuvent plus s'astreindre à la *mouture à façon*.

Mais n'anticipons pas, et résumons les *causes* ; car elles sont multiples ; par ordre.

Il ressort du faisceau de renseignements que nous avons recueillis :

1. Que partout, en France, le pain de boulanger tend à se substituer dans les familles rurales au pain de ménage, appelé aussi *pain bis* à cause de sa couleur qui incline plus vers le *gris* que vers le *blanc*.

2. Que cette substitution remonte environ et partout à vingt et vingt-cinq ans ; ce qui nous reporte aux années 1859 à 1860.

3. Que cette modification aux habitudes de la population rurale, tout au moins en Brie, ne s'est point faite de son plein gré,

c'est-à-dire sous une impulsion spontanée et qu'auraient mo-
tivée un avantage ou des avantages ; mais sous l'empire de
circonstances plus fortes que sa volonté, et contre lesquelles
elle a manifestement opposé toute la résistance qu'il lui était
possible d'opposer.

4. Que, sans conteste, le regret de cette substitution persiste
dans la population rurale ; laquelle n'hésite pas à donner, sous
tous les rapports, la primauté au pain bis ou de ménage, sur le
pain blanc de boulanger et reviendrait au premier, si la possibilité de l'obtenir dans les mêmes conditions qu'autrefois lui
était rendue.

5. Que les causes de ce *changement forcé* d'habitudes peuvent
être classées comme il suit et par ordre d'influence.

Savoir :

A. — La principale cause, la grande cause de cette défection,
est la disparition dans la plupart des régions, où ces établissements étaient autrefois disséminés, des moulins à petite mouture, où l'on travaillait à *façon*, et leur remplacement en moins
grand nombre, par des moulins organisés sur une grande
échelle, et dans lesquels le meunier devenu négociant en grains
et en farines ne peut plus s'astreindre au simple travail à façon
et livre, dès lors, à l'instant même au cultivateur qui lui apporte son grain à moudre, une farine dont on ne connaît pas
l'origine, et laquelle est généralement trouvée par les cultivateurs, inférieure à celle que leur grain aurait produit, ou qui,
dans tous les cas, de qualité supérieure ou inférieure, ne donne-
pas, pétrie à la maison, la qualité de pain désirée, celui qu'on
appelle le *pain de ménage*, d'où alors cette conclusion logique
de la part des intéressés :

« Puisque, en cuisant nous-mêmes à la maison, avec cette
» farine étrangère, nous ne pouvons pas obtenir le pain que
« nous mangions autrefois, autant vaut mieux nous fournir de

« pain chez le boulanger ; nous n'aurons pas la peine de le
« faire. »

Puis, coïncidau avec cet état de choses, l'apparition partout,
de petites boulangeries, non-seulement à portée du consommateur, dans un même bourg, mais se chargeant du transport à
domicile dans les villages voisins, du pain fabriqué ; facilités
dues aux multiples et excellentes voies de communication éta-
blies.

B. — Deuxième cause influente : La rareté et la cherté de
plus en plus accentuées du bois de chauffage, *par suite du défrichement des bois et forêts*, et *surtout du déboisement de la campagne* (arbres de lisières de prés, haies et petits taillis) (1).

C. — Troisième cause influente : L'indolence ou l'ignorance
des femmes ; celles-ci qui ne savent plus faire le pain, celles-là
qui ne veulent plus en prendre la peine. Deux imperfections
dues à une lacune qui se produit dans l'éducation actuelle des
filles de la campagne.

D. — La multiplicité et l'excès des travaux des champs,
suite du progrès de la culture en parrallèle avec la rareté de
plus en plus accusée des bras.

En Brie, il y a quarante à cinquante ans, l'on cuisait encore
dans un grand nombre de maisons nobles et bourgeoises, soi-
urbaines, soit rurales ; et il y a vingt-cinq ans dans presque
toutes les maisons de cultivateurs et d'ouvriers des champs.
C'est dire aussi que dans toutes ces maisons, à bien peu
d'exception près, il y avait un four à ce destiné. J'ai vu des
fours sous le manteau de la cheminée des grandes cuisines du
château de Sancy, de l'ancien château de Brinches et de la mai-

---

(1) Du déboisement des campagnes dans ses rapports avec la disparition
des oiseaux utiles à l'agriculture. Lecture faite à la Société d'agriculture
de Meaux, en 1876, bulletin de 1877, brochure de 6ᵘ p. in-8° à la librairie
agricole, Paris, rue Jacob, 26, par A. Burger.

son bourgeoise, dite la maison de Vernon, à Vaucourtois. L'on cuisait généralement pour la semaine. Les fournées ayant la forme de miches rondes et d'un poids variant suivant le nombre et l'appétit des consommateurs étaient déposées dans une huche où elles se conservaient à merveille.

Je possède une lettre amicale fort curieuse, de l'année 1817, adressée par la maîtresse de maison d'une famille de vieille bourgeoisie mi-urbaine et mi-rurale installée provisoirement à Boutigny, en attendant l'installation définitive qu'on faisait préparer dans une commune voisine : lettre adressée, dis-je, à une autre maîtresse de maison, *fermière*, celle-là. de la commune de Vaucourtois, pour la prier *instamment* de venir un dimanche à Boutigny pour y faire, comme elle s'y était déjà prêtée obligeamment, le *pain de la semaine*, qu'elle savait, paraît-il, fort bien faire. La farine, provenant du grain récolté sur la propriété, était là toute prête à être employée. Je cite ce fait pour prouver l'importance qu'on attachait, *il y a 67 ans*, dans notre pays, à manger du *bon pain*, ce même pain biblique, dont il est parlé au début de cette étude, pain provenant d'une farine saine, intégrale, et obtenue de la mouture à petite monnaie, du grain récolté chez soi ; car Boutigny, certes, est à proximité de la ville de Meaux, et si l'on n'avait pas tenu à manger du pain de ménage, si on ne lui avait pas donné la priorité sur le pain blanc de boulanger, il eut été plus simple et plus facile à cette famille, qui jouissait d'une belle fortune, de se procurer du pain blanc de boulanger à la ville, où l'on envoyait presque journellement pour les lettres et les autres provisions.

Au reste, notre Enquête ; car nous n'avons jamais omis de sonder l'opinion sur la valeur relative des deux pains ; notre enquête prouve également la supériorité marquée de l'ancien pain de ménage. sur le pain blanc actuel de boulanger. La population, soit en Brie, soit dans les autres régions. est unanime à cet égard.

Non seulement l'on accorde au pain bis de ménage une primauté sur l'autre, comme goût, saveur et parfum, mais on lui accorde une valeur nutritive notablement supérieure. Nous en avons établi, *scientifiquement*, la raison plus haut.

Quant au pain de boulanger : soit à la ville, soit à la campagne, ce sont les mêmes récriminations et les mêmes appréciations. J'étais même étonné parfois de la similitude des expressions employées pour m'en faire comprendre les défauts.

Voici, ainsi que nous l'avons annoncé en commençant, les principales déclarations qui nous ont été faites ; depuis plusieurs années que nous avons mis ce sujet à l'étude, et que nous interrogeons sans désemparer, on peut le dire, le public sur les points qui s'y rattachent au premier chef. Nous voulons que le lecteur soit juge lui-même de la question et puisse asseoir une opinion avec quelque certitude.

Extrait détaillé de l'enquête.

LA BRIE

ARRONDISSEMENTS DE MEAUX ET DE COULOMMIERS.

M. B..., cultivateur de la commune de *Vaucourtois* et conseiller municipal, dont la famille, lorsque je me suis rendu chez lui, le 28 août 1880, se composait de sa femme et de quatre enfants, dont l'aîné avait alors 19 ans et le plus jeune 14, s'exprime ainsi :

« On cuit à la maison toutes les semaines. Nous y avons avantage ; le pain de ménage sous un plus petit volume nourrit mieux. Nous échangeons notre blé chez le meunier contre de la farine ; mais, nous avons quelquefois avec eux des difficultés pour avoir une farine convenable.

« Le pain de boulanger, quand il est bien fait, est agréable à manger le premier jour, mais le lendemain et le surlendemain il est sec, sans goût et désagréable; il faut quelque chose avec. Pendant les grands travaux de la campagne, nous ne cuisons pas pour épargner le temps et nous allons au boulanger. Nous consommons alors davantage de pain et sans être aussi bien nourris.

« *Le grand défaut du pain de boulanger est de n'être pas assez cuit*, il n'est que saisi ; souvent, il n'a que l'apparence de la cuisson ; la mie est pâteuse à la main, on la repétrirait ; on s'étouffe en la mangeant ; cela reste sur l'estomac. L'on a beau se plaindre, l'on n'y gagne rien. On est mieux servi un moment, puis ça recommence. Les boulangers ont un trop grand intérêt pour ne pas nous écouter ; leur bénéfice est clair. Le pain qui n'est pas cuit pèse plus que le pain qui est cuit. — Je n'exagère pas en disant qu'ils gagnent bien *une livre par six livres de pain*.

« Ils mettent du sel dans la pâte pour la faire boursoufler ; de là ces cavités énormes qu'on trouve quelquefois dans leur pain ; puis ils fouettent trop la pâte.... Enfin ils ont une manière de faire qui n'est pas la nôtre.

« JE M'ÉTONNE QU'ON NE LES SURVEILLE PAS.

« On est tellement ennuyé de toutes ces difficultés dans notre petit pays qu'on recommence à cuire dans des maisons où l'on ne cuisait plus depuis quelques années ; *mais c'est la bonne farine que nous ne pouvons plus avoir.*

« Vaucourtois, du 28 août 1880. »

M. R..., maraîcher à *Meaux*, et propriétaire aisé de cette ville, déclare le 21 mars 1878.

« Le pain de ménage est meilleur et plus substantiel que le pain de boulanger   n mange plus de pain de boulanger que de pain de ménage. Quand nous cuisions à la maison, il y a quelques années, la *fournée* embaumait la maison.

« Les boulangers mettent trop d'eau dans la farine ; cela augmente notablement le poids du pain, quand il est tendre ; puis leurs pains a des vides où l'on mettrait quelquefois trois doigts de la main.

« Nous avons cessé de cuire à cause des difficultés que nous avons eues avec notre meunier pour avoir le produit de la mouture. Il n'y avait plus moyen d'avoir la farine du blé de notre récolte ; il fallait prendre en place une autre farine, et cette farine ne faisait plus le même pain, mais un pain approchant celui du boulanger... Alors nous avons trouvé plus court d'aller au boulanger.

« Puis, il faut dire que c'est un peu rude de cuire et l'on n'élève plus les filles à cela ; ma femme se fait vieille et *nous ne trouvions plus de domestiques qui veuillent pétrir et cuire le pain.* »

M. L..., ancien cultivateur et riche propriétaire de cette ville, un des membres les plus distingués de notre Société d'agriculture, veut bien répondre aux questions que je me suis permis de lui adresser, et de la manière suivante :

« Les meuniers font quatre espèces de farine avec le pur froment, dont l'une très blutée, la plus fine, est celle avec laquelle on fait le pain blanc que nous mangeons. Je reconnais que ce pain, dit de première qualité, est celui qui nourrit le moins, et que dans les farines moins blanches et moins raffinées il y a plus d'éléments nutritifs, plus de gluten probablement, puisqu'elles font un pain moins blanc.

« Je pense que, pour que nous ayons un pain plus nutritif et de meilleur goût, il ne faudrait pas, par la mouture du blé, catégoriser les farines et chercher à en fabriquer de diverses qualités ; mais faire le pain alors avec ces quatre espèces de farines mélangées ; mais on aurait un pain moins blanc.

« J'attribue l'habitude que les populations ont prise de ne plus faire elles-mêmes leur pain :

1° A la facilité qu'elles ont maintenant de se procurer du pain de boulanger ;

2° A la difficulté, de plus en plus grande, qu'on éprouve à *trouver des domestiques qui sachent et veulent faire le pain.* »

Dans la commune de *Penchard,* située à cinq kilomètres de la ville de Meaux, le cultivateur auquel je m'adresse, le 20 février 1878, attribue l'abandon de cuire à la maison, comme autrefois : à l'éloignement des grands moulins : les moulins à vent, plus proches des villages, ayant été supprimés ;

A la peine que donne aux femmes la manutention du pain ;

Et à la facilité qu'on a maintenant de se procurer du pain de boulanger.

M. B..., cultivateur fort aisé des communes de *Coulommes-Vaucourtois,* conseiller municipal depuis 25 ans ; et son fils, homme déjà établi, que je trouve chez son père, au moment de ma visite le 25 mai 1878 ; me font la déclaration suivante :

« Le pain de boulanger est mauvais et ne nourrit pas assez ; il est le plus souvent mal fait ; il y a des trous dedans où l'on mettrait le doigt.

Pourquoi a-t-on abandonné l'usage de faire le pain de ménage dans les campagnes...?

« La première raison est la disparition successive dans nos pays des moulins qu'on appelait : *Moulins à petite mouture.*

« Autrefois le pays était couvert de ces petits moulins, où chacun pouvait, *les ayant à sa portée,* y conduire son grain à moudre. On y attendait son tour qui ne tardait pas longtemps, et l'on remportait sa farine, son remoulage et le son. On obtenait ainsi *la farine de son grain*, une bonne farine avec laquelle on pouvait faire le pain de ménage.

« Aujourd'hui, tous ces petits moulins n'existent plus; il n'y a plus que ce qu'on appelle des *moulins à grande mouture*, généralement assez éloignés des populations et qui ne se prêtent plus, d'ailleurs, à la mouture du grain de chacun, au fur et à mesure de l'apport. — Ils reçoivent votre grain et vous donnent en échange de la farine..., *mais quelle farine !* Il arrive souvent que cette farine fait de mauvais pain; vous réclamez, c'est toujours vous qui avez tort. De là des difficultés. Alors, on a pensé qu'il valait mieux prendre son pain tout à fait chez le boulanger, surtout depuis que les routes permettent à ces industriels d'apporter le pain au village.

« Lorsqu'on récolte son blé et qu'on tient à cuire, il arrive même que le boulanger sert d'intermédiaire entre le producteur et le meunier, en se chargeant de transporter lui-même le grain au moulin et de rapporter en échange de la farine.

« Les meuniers sont aujourd'hui de grands trafiquants de grains et de farine.

« Il faudrait, pour qu'il fut possible de revenir à l'usage du pain de ménage, rétablir au village le *m ulin à petite mouture*, spécialement affecté à moudre le grain destiné, dans chaque ménage, à la fabrication du pain. Chacun irait en son temps y faire moudre son grain ; et *on en tirerait une excellente farine*, celle avec laquelle on peut faire le bon pain bis.

« Les boulangers, eux, s'appliquent à gagner le plus d'argent possible dans leur commerce, sans se préoccuper de la qualité de leur produit, et, N'ÉTANT PAS SURVEILLÉS, ILS SONT LIBRES D'AGIR AINSI.

« Il faudrait aussi revenir au *four banal* ; il y aurait économie de chauffage, moins de bois à brûler par cuisson ; chacun profitant de la chaleur de la précédente fournée. »

Cette déclaration est *remarquable* ; c'est pour cela que, malgré son étendue, j'ai tenu à la donner *in extenso*. Elle indique parfaitement ce qu'il y aurait à faire pour revenir dans les campagnes à l'excellent usage de faire dans chaque maison, comme y tenaient nos pères, ce pain de ménage dont, ainsi qn'on le voit, le souvenir est resté si profondément gravé dans l'esprit de la population rurale.

A *Villiers-sur-Morin*. — Deux habitants notables de la commune que je trouve ensemble dans la même maison, le 27 mars 1878, s'accordent pour me dire :

« On reconnaît bien que le pain de boulanger est mauvais et peu nutritif, que les fabricants trompent, MAIS L'ON N'Y PEUT RIEN. »

A *Saint-Martin-les-Voulangis*. — A la même date, un cultivateur me déclare que la cause la plus déterminante qui a fait perdre aux habitants l'habitude de cuire le pain chez eux, a été l'impossibilité de rapporter de chez le meunier, comme autrefois, la *farine de son grain*; que celle qu'on donnait en échange, ne faisant pas de bon pain, on a trouvé plus simple d'aller au boulanger.

Qu'une seconde raison qui, peu à peu, est venue s'ajouter à la première, est la surcharge des travaux de la campagne pendant la belle saison ; que parmi les 22 ménages qui cuisent encore le pain dans la commune, un tiers ne cuisent que l'hiver et cessent au temps des grands travaux de la campagne. Ce sont, en général, les ménages chargés de famille qui persistent à cuire, même avec une farine qui ne rend pas, comme l'ancienne, un pain nutritif et bon. On a ici profit sur la fabrication.

Dans la commune de *La Chapelle-sur-Crécy*, où je me présente le 2 avril 1878, l'on me déclare que :

Sur une population de 305 ménages, 23 font encore leur pain, mais momentanément. Pendant les grands travaux de la campagne ils ce-sent et prennent le pain au dépôt.

Causes de l'abandon de l'usage de cuire le pain chez soi ?

1° Les occupations des champs ; plus de profit à prendre le pain au dépôt, parce qu'ainsi l'on économise du temps ;

2° Le bois devient rare et très cher ;

3° Les meuniers ne consentent plus à moudre le grain apporté et donne en place de la farine. Dans cet échange, les cultivateurs prétendent qu'ils sont lésés.

Dans la commune de *Signy-Signets*, le 27 avril 1878.

Voici ce qu'un notable habitant, M. G..., propriétaire et cultivateur, me déclare :

« Le pain de boulanger est notoirement inférieur au pain de ménage. L'on est obligé d'en manger davantage pour se rassasier et il ne tient pas au corps comme celui que nous faisions dans nos maisons. Le pain de ménage se mange bien et tout sec jusqu'à la dernière miche ; tandis que celui du boulanger, le lendemain, est sans goût et a besoin d'un accessoire pour être mangé. Puis, ajoute M. L.... un grand défaut du pain de boulanger est *de n'être pas assez cuit*.

« On a cessé de cuire dans nos maisons à cause du désaccord survenu entre le cultivateur et le meunier, pour avoir, comme dans le temps, la farine et les produits du grain qu'on récolte. Alors, pour avoir une farine étrangère qui ne fait pas le même pain, autant vaut-il aller au boulanger.

« On a ainsi perdu l'habitude de faire le pain, et bien des femmes ne savent plus le faire. Dans les fermes où l'on aurait tant d'avantages à faire le pain, à cause de la forte consommation, on ne trouve même plus de servantes qui sachent le faire, ou même qui sachant le faire, le veulent bien.

« Et dans plus d'une maison où l'on cuit encore, c'est

l'homme maintenant qui fait cette besogne, la femme ne s'y
prêant pas. »

Commune de *Vincey-Manœuvre.*

Un propriétaire et cultivateur très aisé de cette commune,
membre du conseil municipal, qui vient me faire une visite, le
28 février 1880, et que je questionne sur l'objet de mon étude,
veut bien me faire la déclaration suivante :

« On ne cuit plus chez soi à cause de la difficulté qu'on a à
faire moudre son grain. Nous n'avons plus à proximité de *petits
moulins* où l'on pouvait apporter son blé et remporter le produit
de sa mouture.

« Quand on porte son grain au moulin on ne peut plus avoir
le produit de sa mouture. Autrefois on avait sa farine, son remoulage et le son. Aujourd'hui, ce n'est plus cela ; il faut
prendre ce qu'on vous donne ; alors autant vaut acheter son
pain tout fait chez le boulanger.

« Quant à la valeur, *comme aliment,* du pain de ménage
comparé au pain de boulanger, *cela ne fait pas question.* Le
pain de ménage bien fait est excellent et est accueilli partout ;
on se le dispute ; et la santé s'en trouve bien ; *les médecins le
recommandent.*

« Beaucoup de paysans peu aisés et qui ne récoltent pas tout
le grain nécessaire à leur consommation, sont aussi détournés
de cuire à cause de la rareté du bois et de sa cherté crois-
sante.

Je reviens à la commune de *Voulangis,* où, grâce au séjour
que j'y vais faire chaque année chez des amis, M. et Mme C.
de P..., j'ai pu approfondir la question de panification dans
une maison rurale, et j'y tenais beaucoup.

A Voulangis, au dessus de Crécy, je me suis donc mis en
rapport avec une famille L... : composée d'un chef de famille,
entrepreneur de maçonnerie, d'une mère de famille, ouvrière

en robes, et de *cinq enfants*, dont deux encore très jeunes ; famille très laborieuse, d'une aisance relative, et *qui m'avait été désignée* comme pouvant m'éclairer exactement sur les avantages économiques à retirer de l'usage de faire le pain au foyer de famille.

La dépense devenant élevée et la charge bien lourde, dans la famille L... la jeune femme, bien qu'elle n'y ait pas été habituée, n'hésita pas à se faire apprendre la manutention du pain, et à cuire à la maison pour alléger au moins les frais de nourriture. Elle m'expliqua toutes choses, me donna les chiffres, qui me permirent de supputer, à un centime près, les frais complets de cette manutention. Voici le résultat, et les avantages généraux obtenus.

« Le pain de ménage, dit M. L..., nous semble à tous bien meilleur ; nous le mangeons avec le même plaisir jusqu'au dernier jour. Notre fournée nous dure *la huitaine*. Il n'y a qu'à la fin, les deux derniers jours, que le pain est un peu dur ; mais il a toujours le même goût. Puis, c'est un pain qu'on peut manger sec, c'est-à-dire sans rien avec. On mange son pain sec et on le trouve bon ; tandis que le pain de boulanger n'est pas mangeable sans quelque chose avec.

Cette dernière observation : je l'avais faite aussi, et depuis longtemps. On peut se nourrir agréablement de pain sec avec du pain de ménage, du franc pain de ménage ; on fait ainsi un vrai bon repas, tandis qu'avec du pain blanc de boulanger, ce n'est pas possible.

Ce qu'il y a d'important à noter ici, c'est la répétition de cette observation, observation faite dans les mêmes termes, et, comme on le voit, par des personnes étrangères les unes aux autres.

J'aurai à la reproduire encore un peu plus loin ; et je le ferai, en raison de l'attention que nous devons y porter.

Je reprends les déclarations très explicites de Mme L...,

« Notre pain contient *un peu de seigle* ; on l'y met pour lui donner meilleur goût encore, et pour le maintenir plus frais. *Mais on a quelque peine à obtenir de la farine de seigle chez les meuniers.*

Je souligne cette déclaration, parce qu'elle m'a été faite à Meaux par un boulanger :

Avis aux cultivateurs d'en semer davantage.

« Au fait au prendre, continue Mme L..., si on fait entrer en ligne de compte dans la fabrication à la maison du pain de ménage ; le temps employé pour faire une fournée de huit jours pour sept personnes (y compris l'ouvrière de journée qui travaille presque constamment à la maison) ; le prix du bois qui est aujourd'hui assez élevé ; le prix du transport de la farine de chez les meuniers chez nous ; il n'y a pas économie dans le prix de revient ; mais l'avantage subsiste :

« 1° Dans une moindre consommation ; car on mange moins de pain de ménage que de pain de boulanger ;

« 2° Dans une nourriture plus saine et plus substantielle ;

« 3° Il faut le dire aussi : dans une nourriture réellement plus agréable.

« Et quant on a une famille nombreuse, ces raisons, et surtout la première, sont bien à considérer. C'est là qu'est vraiment l'*économie*.

« C'est au moulin de Martigny que nous allons acheter notre farine ; *car nous ne récoltons pas de blé.*

Cette dernière déclaration m'amène nécessairement à faire observer que si ce pain fait au ménage avait été tiré d'une farine provenant du grain récolté par la famille L..., l'économie eût été plus sensible.

Il y a une telle unanimité d'opinion sur le peu de valeur nutritive du pain de boulanger et son insalubrité, qu'au moment où on s'y attend le moins, on reçoit, par exemple, des déclarations toutes spontanées comme celle qui suit : et qui trouve si bien sa place à cette page, bien qu'elle soit très postérieure en date à celle de Mme L..., que je l'y intercalle quand même.

C'était l'été dernier (août 1883) je me rendais, avec une famille des environs de Meaux, au château de V... pour y déjeûner. M. L... comme riche propriétaire foncier de l'arrondissement, et faisant valoir lui-même une de ses fermes, s'intéressait vivement à la moisson. Nous admirions ensemble les récoltes encore sur pied, et dont l'aspect, sur le plateau de Nanteuil, Vaucourtois, Coulommes, était splendide..., quand, tout à coup, M. L... me regarde et s'écrie : *eh bien oui, voilà certes du bon grain et du meilleur !* et avec tout cela, NOUS MANGEONS DU PAIN D'AMIDON..., à qui le dites-vous ? lui répondis-je... C'est parfaitement vrai..., nous mangeons un pain qui nous fait un pauvre corps et une plus pauvre constitution encore.

C'est là le profit, le bénéfice tout clair de la liberté du commerce, appliqué surtout à la boulangerie.

Dans la commune de *Tigeaux-sur-Morin* où je me rends le 8 avril 1878, je m'adressai pour avoir réponses à mes informations à M. l'Instituteur :

« Notre population, me dit M. l'instituteur, est une population ouvrière, elle ne possède pas de terres et ne récolte pas de blé.

« Pour cuire, elle serait obligée d'acheter du blé, elle trouve plus simple d'acheter du pain. Cependant, *elle aurait avantage à cuire*, parce que le pain de ménage est bien supérieur au pain de boulanger ; mais le *bois manque*, et puis il y a aussi de l'*indolence de la part des femmes qui reculent devant ce travail.*

« Nous avons à nous plaindre du pain qu'on nous fourni. Le pain de boulanger, souvent, n'est pas mangeable ; il pèche presque toujours par la cuisson, il n'est pas assez cuit. On réclame, mais les réclamations ne sont pas entendues.

« Le *pain de ménage est bien meilleur, on le mange sec.*

« Quand j'étais instituteur dans le département de l'Oise, me dit M. X..., je pouvais me procurer du pain de munition et je n'en mangeais pas d'autre. *Je le mangeais rassis et sec avec plaisir.*

« *Le pain de boulanger n'est pas tolérable sec et rassis.*

Cette déclaration est la troisième qui établit ce fait important, fait que toutes les personnes, d'ailleurs, qui ont pu manger des deux pains, ont pu constater elles-mêmes : c'est que le pain de ménage se mange avec plaisir rassis, sans le moindre accessoire, tandis que le pain de boulanger est intolérable rassis et a besoin d'un agrément. Puis, que de personnes ne peuvent pas supporter *tendre* le pain de boulanger, en raison de SON DÉFAUT DE CUISSON !

Ce défaut de cuisson du pain de boulanger étant un défaut grave et qui touche de près à nos intérêts, j'ai voulu me rendre compte : 1° du déficit économique et pécuniaire dans les mé_ ménages produit par la différence de poids, au moment où on le pèse tendre, différence provenant de l'excès d'eau ; 2° de l'excès de consommation, par la population, du pain de boulanger au lieu du pain fait au foyer domestique. Il m'a semblé que l'ensemble des faits, et des données scientifiques que j'avais recueillis, pouvait me permettre ces évaluations avec un suffisant degré d'approximation.

Voici mes calculs et mes déductions.

En adoptant, comme chiffre de la population en France, le chiffre rond de 36 millions d'habitants, nous trouvons que ces 36 millions d'habitants consomment 16,200,000 kilogs par jour et 5 milliards 913 millions de kilog par an :

Ce qui donne en pain matière, adoptant comme chiffre de la consommation moyenne par jour et par habitant 582 grammes de pain (l'équivalent de 450 grammes de farine), une consommation générale pour toute la population :

De 20,952,000 kilog. de pain par jour et de 7 milliards 647 millions de kilog *par an* (1).

En France, les travaux exclusivement agricoles, occupent et font vivre 18.513,325 habitants (52 0/0 de la pi pulation). Il y a 40 à 45 ans et peut être moins même, on aurait pu affirmer que cette fraction de la population française se nourrissait encore du pain de ménage, de l'ancien pain fait par elle et chez elle, et qu'elle avait tous les bénéfices hygiéniques et économiques de cette nourriture.

Aujourd'hui, nous ne pouvons plus raisonner de la même manière, et c'est depuis 25 à 30 ans : les campagnards ont été tous très affirmatifs sur ce point : que l'abandon de l'usage de ce pain a commencé en Brie, et que cette défection, par les causes sus-indiquées, à suivi de puis une marche rapide, pour nous amener à l'état de choses constaté dans ce rapport. Cette défection a donc eu son point de départ de 1858 à 1860.

Eh bien ! quelle peut être aujourd'hui, dans ce nombre d'habitants, la fraction de la population se nourrissant encore du pain de ménage fait chez elle ?

On peut l'établir assez approximativement de la manière suivante :

Ces 36,000 d'habitants se partagent d'abord en deux grandes fractions : *La fraction urbaine* et *la fraction rurale* : la première, de 17,486,675 habitants se nourrissant exclusivement, et depuis plus de 60 à 70 ans, de pains de boulanger ; et la seconde, de 18,513,325 habitants se nourrissant aujourd'hui, pour partie de pains de boulanger et pour partie de pains de ménage faits chez elle.

Mais alors, dans cette dernière fraction, combien avons-nous

(1) Ces chiffres ont été puisés dans le catalogue général de l'Exposition universelle française de l'année 1878 : Volume des matières premières et industries extractives.

d'habitués pour le pain blanc, et d'habitués pour le pain de ménage ?

Nous pouvons le savoir d'une façon assez approchée en prenant pour base, sans cependant nous y fixer d'une manière absolue, ainsi qu'on va se l'expliquer, les chiffres de notre tableau de la population rurale où l'on cuit encore le pain ; tableau établi pour dix-huit communes de la Brie.

Nous trouvons dans ce tableau que sur une population rurale de 8,893 habitants constituant 3,121 feux ou ménages, 1,778 *habitants* ou 1/5 de la population seulement groupé dans 624 feux, se nourrissent encore de pains de ménage faits par eux à leur foyer.

Ce coin de la Brie, où a porté notre enquête, est un type populeux moyen, que nous considérons comme favorable pour asseoir un raisonnement et faire des déductions, parce que le campagnard, en Brie, est de sa nature, laborieux et intéressé, très positif, peu accessible de prime abord aux innovations, et par conséquent, attaché à ses vieilles habitudes. Quand une tradition est reconnue par lui bonne, avantageuse, si on la lui voit quitter, c'est parce que, ainsi du reste que nous l'avons dit plus haut, *les circonstances ont été plus fortes que sa volonté.*

Cependant, nonobstant ce bon côté du caractère des Briards, qui pourrait nous engager à considérer la Brie comme une région française, où malgré les facilités d'approvisionnement du pain de boulanger, l'on se nourrit plus de pain de ménage que partout ailleurs ; si je me reporte aux pays des Montagnes : tels que les Vosges, la Savoie, les départements des Hautes et Basses-Alpes, ceux des Pyrénées ; toutes parties du territoire où la petite minoterie fonctionnant encore, permet à la population de faire moudre à façon et de cuire toujours son pain au foyer, et où notamment chez tous ces montagnards le *pain de seigle pur*, récolté à leurs hautes altitudes, est pour eux et par *préférence*, (complémenté par la pomme de terre et le laitage) la base de l'alimentation ; si je me reporte à la Bretagne où le sarrasin, soit en bouillie, soit en galette est une base alimentaire; au Plateau Central (l'Auvergne) où la Châtaigne supplée presqu'au pain. Par ces raisons, nous sommes enclins à trouver faible cette proportion moyenne de 1/5 et nous croyons devoir rehausser jusqu'au 1/3 la proportion de la population rurale qui, en France, reste encore *fidèle aux anciennes coutumes de vivre*, en s'alimentant, *comme fonds de nourriture végétal*, d'un tout autre produit que du pain commercial dit de boulanger.

La population rurale en France étant de. . . 18.513.325 h.

Les deux fractions cherchées seraient donc de :

Fraction s'alimentant de pain de ménage ou de tout autre produit végétal le suppléant, ou lui servant d'appoint ci. 6.171.108

Fraction ayant adopté le pain de boulanger. 12.342.217 h.

Population rurale. . . 18.513.325 h.

Si maintenant nous considérons la population entière française qui est de 36.000.000 d'habitants, en chiffre rond, nous pouvons la catégoriser, au même point de vue, de la manière suivante :

Fraction de la population s'alimentant de pain de boulanger . . . . Population urbaine 17.486.675 Population rurale 12.342.217 } 29.828.892

Fraction de la population s'alimentant de pain de ménage ou de tout autre produit végétal y suppléant complètement ou y venant comme appoint. . . . . } 6.171.108

Pour faciliter les calculs ainsi que la diction, admettons les chiffres ronds suivants.

Population usant du pain de boulanger, 30 millions.

id.   usant du pain fait chez elle, 6 millions.

M. Wurtz évalue à 1/4, nous l'avons vu, l'excès de matières nutritives contenu dans la farine grossière à pain bis, sur la farine à pain blanc.

D'un autre côté, madame L..., ménagère de la commune de Voulangis dont nous avons donné les détails de sa manutention et de sa consommation en pain de ménage, comparées à celles du pain de boulanger, dit ceci :

Je gagne bien six jours sur trente jours, ce qui nous donne 1/5.

Admettons le 1/4, ce qui serait probablement la proportion si ce pain avait été fait avec l'ancienne farine à pain de ménage, au lieu de l'être avec la farine destinée à la boulangerie.

Nous avons une population de 30 millions d'individus s'alimentant de pain de boulanger, dans la proportion moyenne de 582 grammes par jour et par individu ; celà donne une consommation journalière totale de 17.460.000 kilogs , dont le 1/4 est de 4.365.000 kilogrammes.

Or, 4.365.000 kilog., à raison de 0 fr. 40 c. le kilog., prix moyen du pain dans notre région depuis une dizaine d'années, donnerait un excès de dépense quotidienne de 1.746.000, et annuelle de 637.290.000 fr., au détriment des ménages ; et dans les ménages au détriment de familles dont le fonds de l'alimentation est le pain.

Mais, il y a un autre déficit, non moins positif, et celui-là, résultant d'un autre défaut du pain de boulanger, défaut, ainsi qu'on a pu s'en convaincre par notre enquête, dont tous les consommateurs de ce pain, *sans exception,* se plaignent, se plaignent même vivement et avec persistance, sans être écoutés ; car, là encore, et toujours, le public, sans force quoiqu'en nombre, ne peut rien sans protection, contre un système de fabrication adopté par le mercantilisme et maintenu par lui parce qu'il est à son avantage : — C'EST L'EXCÈS DE POIDS RÉSULTANT DE L'INCUISSON DU PAIN, et qui fait payer au consommateur, et en pure perte, un poids d'eau exagéré (1).

M. B..., le cultivateur de la commune de Vaucourtois qui, alternativement, cuit son pain chez lui et ne le cuit pas, et dont nous avons donné l'intéressante déclaration, n'évalue pas à moins : et sans rien exagérer s'empresse-t-il de dire : à moins de 1 livre par 6 livres ou 500 grammes par 3 kilogrammes ce déficit.

Tout en tenant pour fort exacte cette appréciation, connaissant l'intelligence et la rectitude d'esprit de notre interlocuteur ; admettons cependant, nous à notre tour, pour nous renfermer autant que possible dans des appréciations modérées, une donnée moins élevée et admettons que ce déficit ne soit que de *1 livre par 10 livres, ou 500 grammes par 5 kilogrammes*, ce qui met ce gain illicite à 1 hectogrammes par kilogramme ; *et en argent à 0 fr. 04 c. par kilogramme vendu.*

Or, à ce taux seulement de 0 fr. 04 c. de plus value pécuniaire par kilog de pain vendu, nous obtenons par jour, pour la consommation générale des 30 millions d'habitants attitrés au pain de boulanger, et pour une quantité de pain consommé de 17.460.000 de kilog., un bénéfice quotidien au profit de la boulangerie, et au détriment des habitants, de 698.400 fr., et un bénéfice annuel de 254.916.000 francs.

L'on m'objectera peut-être que cette quantité de pain blanc consommée par jour, de 17,460,000 kilog. n'est pas intégralement *vendue au poids* ; qu'une partie est vendue, comme *pain de fantaisie*, et par cela même, dispensée du contrôle, c'est vrai.

Mais tout le monde sait que le gain sur ces pains de fantaisie, non soumis à la vérification de la balance est plus élevé, et que si nous voulions faire entrer cet autre facteur en ligne de compte pour ce qu'il est, dans nos supputations, ce n'est plus 255 millions en chiffres ronds que nous aurions à déclarer ici, mais un chiffre supérieur.

Au reste, la consommation du pain b'anc, à n'en pas douter, porte principalement sur le pain au poids, parce que c'est la masse de la population qui calcule et doit calculer; obligée qu'elle est d'apporter à ses dépenses l'ordre et l'économie. Notre chiffre ici, conserve donc, dans sa modération, une certaine notoriété d'exactitude.

En somme, la population française tant urbaine que rurale — 30 millions d'habitants — qui se nourrit aujourd'hui de pain blanc de boulanger au lieu de l'ancien pain de ménage, subit des déficits pécuniaires dus à cette substitution, et que nous pouvons résumer maintenant comme il suit :

1º Le premier, résultant de l'absorption de 1/4 en plus de matières panaires pour arriver au même degré de satiété, sinon de nutrition, ce qui est différent, en mangeant du pain de fabrique dit *pain blanc*; lequel déficit pécuniaire évalué à 1,746,000 fr. par jour, ci par an . . . . 637,390,000 fr.

2º Le second, résultant d'un *excès* de poids d'eau que contient le pain de boulanger, *jamais arrivé, et pour cause,* au degré de cuisson voulu, déficit estimé par jour à 698,400 fr., ci par an . . . . 254,916,000 fr.

TOTAL. . . . . 892,206,006 fr.

Chiffre qui entre dans la bourse des industriels et qui entrerait dans la nôtre si, comme nos pères, nous avions conservé l'usage de nous nourrir de *pain de ménage*.

Mais, malgré l'ampleur de ce chiffre, ce côté de la question

A peu près à la même date, une personne dont la famille nombreuse, du pays bressan, y vit en cultivant elle-même ses champs, m'écrit ceci :

« Oui, Monsieur, les habitants de ce pays cuisent en grande partie toujours leur pain eux-mêmes. *C'est une grande économie.* Les épines de leurs haies servent à chauffer le four, et le *son sert pour le boire* des chevaux et des bêtes à cornes. Au rebours de la Brie il y a à peine un cinquième qui va chez le boulanger. »

Remarque importante à faire ici :

C'est qu'au rebours de la Brie, également, les paysans qui cuisent encore dans cette partie de la Bresse, peuvent le faire avec la *farine de leur grain*, du grain qu'ils récoltent et dont la mouture intégrale ; farine, remoulage et son : leur est délivré par les meuniers.

Ce fait est capital à relever : car il prouve cet autre fait dont il est la conséquence ; *c'est que là ce sont encore les petites minoteries qui fonctionnent.*

DANS LA SAVOIE,

CANTON D'EVIAN, ARRONDISSEMENT DE THONON.

Voici une déclaration qui m'est faite par un *ménage savoisien* en service chez des amis, où j'étais en villégiature au lieu et à la date ci-dessous.

« Dans notre pays, presque toute la population continue à aire son pain elle-même.

« Elle y trouve son avantage. Les familles sont nombreuses chez nous ; on compte 6, 8, 10 enfants par famille.

« Il y a un grand nombre de petits moulins à eau dans le pays ; et chacun a la facilité de pouvoir y porter son grain à moudre.

« Les Meuniers ont bien fait, comme dans ce pays-ci, des tentatives pour faire échanger du grain contre la farine, mais

n'est pour nous que son petit côté, *son très petit côté,* je dirai.—
Si, au moins, tout en ayant un peu moins d'argent dans notre
caisse, nous étions bien nourris, si nous arrivions à avoir un
corps vigoureux et une santé parfaite, qu'aurions-nous tant
besoin de nous préoccuper du reste... ? — La santé et la force
physique, d'où dérive le plus souvent un bon équilibre moral
et intellectuel, *n'est-ce pas le plus grand des biens...?*

Mais nous sommes mal nourris ; car le pain qui est et qui
sera toujours, en France, la base de la nourriture humaine,
parce que le blé est la production par excellence de notre sol,
e t mauvais, est devenu défectueux ; et, ce qu'il y a de pis, c'est
que JUSQU'A RÉFORMES, réformes qui, je l'espère bien, se pro-
duiront, nous ne pouvons plus en avoir d'autres. Nous ne pouvons plus en avoir d'autres, *parce que l'ancien pain qui était le
bon pain ne se fait plus. Il ne se fait plus, il ne peut plus se faire,
faute d'une farine ad hoc, faute de la farine également ancienne
qui ne se fait plus non plus.*

Voilà la question.

Et il en résulte que la population, dont l'alimentation, dans
ce qui en est la base, le fonds, n'est plus l'objet d'une attention,
d'une sollicitude sérieuse de la part de l'autorité, en éprouve
un déficit corporel considérable, avec toutes les conséquences
pathologiques que l'on sait : déficit bien autrement grave, celui là, que le déficit pécuniaire que nous relevions plus haut.

C'est cette dégénérescence, cet affaiblissement corporel qui
m'ont surtout frappé, et d'autres avec moi, et si nettement ex-
primés par M. le docteur D..., déjà cité, de la manière suivante, *à une objection que je lui soumettais,* sur la durée
moyenne de la vie humaine :

— « Si l'hygiène n'avait pas fait de grands progrès depuis
30 ans si la médecine et la chirurgie n'avaient pas progressé
et mis à même le corps médical de dompter, pour un moment,
les états morbides, de ramener à la santé nombre de sujets

qui, sans cela devaient disparaître ; *la moyenne de la vie humaine aurait baissé, parce que évidemment,* nous en savons quelque chose nous médecins, *les constitutions sont considérablement offaiblies et il y a un défaut corporel notoire, indéniable et progressif chez nous, en France* (1).

« Cela tient à plusieurs causes dont, notamment, celle que vous défendez : UNE MAUVAISE ALIMENTATION PANAIRE ! »

Nous disions, il y a un instant, que le *bon pain* ne se faisait plus : d'une part, parce que sa manutention exclusivement entre les mains de fabricants intéressés l'avait modifiée à leur avantage ; et d'autre part, parce que la farine avec laquelle on pouvait le faire ne se faisait plus.

Laissons parler ici les intéressés.

A un boulanger chez lequel j'etais allé pour voir et goûter son pain bis de 2ᵉ qualité qu'on m'avait dit être bien fait chez lui, et que j'ai abandonné par raisons de mal-façon et surtout, comme toujours, d'*incuisson,* ce qui le rendait indigeste. A ce fabricant, dis-je, je posai cette question :

Mais, pourquoi ne reprendriez-vous pas la tradition de *l'ancien pain de ménage,* de ce pain qu'on mangeait autrefois partout dans nos maisons, qu'on trouvait si bon, qui était nutritif et en même temps d'une digestion facile... ?

M. X... et sa femme tous deux installés à leur comptoir et m'écoutant, hochèrent la tête et me répondirent :

— « Ce serait bien difficile, si même cela est possible. D'abord, nous n'avons plus et nous ne pourrions plus obtenir la farine qu'il faudrait pour faire ce pain là ; les meuniers ne la font plus...

---

(1) On lira avec intérêt sur cette question de dégénérescence, l'étude importante de M. le Docteur Liégey, de Choisy-le-Roi, présentée à l'académie des sciences, le 9 octobre 1882, et que je viens de déposer de sa part aux archives de notre Société :

« Rôle étiologique du déboisement dans le typhus des plantes, des animaux et de l'homme. »

« Puis, nous l'aurions cette farine, que le pain qui en sorti-rait *ne serait pas accepté du public*. Le public n'en voudrait pas ; pas vous certainement, ni quelques personnes comme vous qui savez, Monsieur, vous rendre compte des choses ; mais LE PETIT PÉUPLE, la masse de la population, l'ouvrier, ce monde-là (*sic*) penserait qu'on veut le tromper, qu'on fait un pain ex-près pour lui. — Nous n'en vendrions pas. — Tenez, voici notre pain blanc réglementaire qui peut, jusqu'à un certain point, être comparé à l'ancien pain de ménage ; il coûte moins cher. Eh bien ! *on n'en veut plus en ville ; nous en faisons de moins en moins.* Tout le monde veut maintenant du pain de fantaisie. On le préfère. On le demande et c'est lui qu'on vend aujour-d'hui, de préférence, à toutes les classes de la population. On le mange le jour même, il est tendre, croustillant, cela flatte.

« Et puis, il y a aussi des personnes bien difficiles à con-tenter, reprit la boulangère ; tenez, voici cette fraction de pain de quatre livres que vous regardiez tout-à-l'heure et dont vous me faisiez compliment (j'avais, en effet, trouvé ce pain bien fait et l'avais dit avec plaisir). Eh bien ! Monsieur, ce pain m'a été renvoyé ce matin par le client, PARCE QU'IL N'EST PAS ASSEZ BLANC... Oh ! ce n'est pas possible, répliquai-je... Mais pardon, Monsieur, c'est comme cela... Eh bien ! comment faire cepen-dant ? *La farine est superbe...*, il n'y a plus qu'un moyen de le rendre plus blanc... ce n'est pas difficile... On sait bien ce qu'il faudrait mettre dans la pâte pour la rendre plus blanche... il y en a qui ne se gêne pas pour le faire... ; mais nous, nous ne l'avons pas encore fait. — *Voilà cependant, comment un con-current peut nous faire du tort en attirant à lui la clientèle.* »

Il n'y avait rien à répliquer à cette déclaration franche, polie, honnête.

Je me demandai, cependant, rentré chez moi, si les boulan-gers, sous la préoccupation trop exclusive de leurs intérêts, ne s'arrangeaient pas de manière à faire pencher le goût de la population vers une espèce de produit, produit artificiel et apparent, sur lequel leur bénéfice peut être supérieur. Je ne serais pas étonné qu'en présence *des supercheries de concurrents indélicats,* les honnêtes boulangers eux-mêmes cherchassent à contrebalancer les effets de cette déloyale concurrence par la substitution progressive de la vente des pains de fantaisie à la vente du pain ordinaire soumis à la balance ; en éloignant peu à peu le public de celui-ci et en l'attirant vers les autres. Car, peu importe au commerçant que le public se trouve, au fond, bien ou mal d'une consommation quelconque ; *cela ne le regarde pas.* C'est à la population à y prendre garde et à l'autorité surtout à lui prêter main-forte, *en surveillant de très près ce commerce.*

Voyons un peu maintenant, et rapidement, ce qui se passe ailleurs qu'en Brie, sur quelques autres points de notre territoire, et par exception, tout près de chez nous, en Valais (Suisse).

<h3 style="text-align:center">EN ALSACE.</h3>

Il résulte des renseignements qui m'ont été donnés par plusieurs petits propriétaires ruraux occupés temporairement en France, que dans cette province, l'habitude séculaire de faire le pain soi-même au foyer domestique avec la farine du blé récolté est encore en vigueur dans la grande fraction de la populaion rurale. Il existe encore en Alsace un grand nombre de petits moulins à eau, qui travaillent à façon, et pour ce seul bénéfice. L'on me cite un village de 300 habitants où il y a deux moulins : l'un important et fournissant des farines à la boulangerie ; et l'autre, petit établissement se bornant à moudre le grain des campagnards, au fur et à mesure de l'apport. On remporte l'intégralité du produit de cette mouture ; mais on est toujours, me dit-on, en avance d'une mouture, afin d'avoir pour cuire, *une farine un peu reposée,* laquelle dans cette condition se prête à une meilleure panification.

Les alsaciens ont tenu jusqu'à présent à leur pain bis de

ménage ; ils le trouvent meilleur au goût et plus nutritif. Ils ne font usage qu'accidentellement du pain de boulanger. Au temps de la moisson, on mêle à la *farine de froment* un peu de *farine de seigle* afin que le pain se conserve frais un peu plus longtemps ; les travaux pressés obligeant à différer les cuissons.

Juillet 1882.

EN LORRAINE.

Ayant habité la Lorraine pendant six années comme fonctionnaire de l'Etat ; puisque c'est là que j'ai commencé ma carrière forestière ; je puis affirmer que dans ce qu'on appelle la *plaine du département des Vosges*, partie cependant limitée aux arrondissements de Neufchâteau, Ramberviller, Chatel-s.-Moselle et partie d'Epinal et de Mirecourt, la grande fraction de la population rurale, si ce n'est toute, cuisait encore son pain chez elle, de 1845 à 1851. En ce temps-là, presque tous nos gardes tiraient de leur carnier, pour leur repas du milieu du jour, un morceau de pain bis, que bien souvent, nous agents forestiers, nous échangions contre notre pain blanc.

Dans les auberges de village où nous étions obligés quelquefois de stationner, on nous servait à table du pain blanc de boulanger ; mais la huche de la cuisine recélait les miches de pains de ménage pour l'usage de la maison, et nous en demandions quelquefois.

Je ne sais ce qu'il en est aujourd'ui dans ces arrondissements, mais un lorrain qui vient d'arriver comme garde dans une forêt des environs de Meaux, me dit que l'habitude se perd de cuire dans la plaine, à cause des facilités qu'on a de se procurer du pain de boulanger ; mais que dans la *montagne*, c'est-à-dire dans les arrondissements de Remiremont, Senones, Raon, etc., les habitants persistent à conserver pour base de nourriture le *pain de pur seigle*, seul grain qu'ils peuvent faire venir à ces altitudes élevées, puis les pommes de terre et le laitage.

Mais, une dame de la haute bourgeoisie de la ville de Saint-Dié, dans la famille de laquelle j'avais l'honneur d'être reçu, le 20 septembre 1880, me disait à cette date, qu'il y avait 22 ans, ce qui nous reporte à 1858, on cuisait encore chez elle, et que presque tout le monde à la ville comme dans les environs, cuisait encore son pain. Il y avait, disait-elle, le four banal et chacun s'arrangeait pour en user à son tour. Aujourd'hui, des boulangers se sont établis partout et l'on a cédé à la tentation d'avoir du pain *plus blanc*, sans avoir la peine de le faire. »

Dans l'arrondissement de Nancy, où je m'arrêtais la même année, chez d'autres amis, j'ai constaté, ainsi qu'on va le voir, à peu près la même situation que dans la Brie. C'est M. l'aumônier de l'abbaye de Flavigny-s.-Moselle, vieillard de 72 ans, et chargé de cette aumônerie depuis 30 ans, auquel nous nous adressions mon compagnon de voyage et moi, qui va prendre la parole.

Profitant donc des circonstances pour l'entretenir incidemment de la question *du pain, de la mouture* et *de la panification;* M. l'aumônier se montre content que j'ai soulevé ces questions, il les croit opportunes ; mon compagnon de voyage est frappé comme moi de cette impression, et il me le fait remarquer en sortant de l'abbaye.

« Cette question, me dit M. l'aumônier, l'a déjà préoccupée. La mouture et la panification ne se font pas comme elles devraient se faire. La spéculation et ce qu'elle engendre se sont glissées dans ces branches de l'industrie, au détriment de la bonne alimentation et de la santé publique. — Je pense comme vous, me dit-il, qu'il y a là une surveillance à exercer, je ne serais pas éloigné de penser que *l'anémie*, affection constitutionnelle si commune de nos jours, puisse avoir sa cause, pour un grand nombre de sujets, dans le régime complétement transformé de la population, dont le pain est et sera toujours dans nos pays la base de la nourriture. Car le pain du boulanger manque de qualités vivifiantes, sa bonne fabrication importe beaucoup au bien-être de la population.

« En Lorraine, on perd aussi l'habitude de faire le pain dans les familles, et, par les mêmes raisons que celles que vous m'exposez pour la Brie. Alors, le paysan se décide à aller chercher son pain chez le boulanger.... Mais quelle différence entre ce pain et le pain de ménage ! Rien ne se ressemble ; puis, quelle économie pour la bourse dans l'usage du pain de ménage !

« Je ne vous énumère pas les défauts du pain de boulanger, vous les connaissez ; mais le principal est le *défaut de cuisson*, d'où une augmentation de poids au profit du commerçant et au détriment du consommateur.

« Dans ce pays-ci, une des causes à noter qui détourne encore nos paysans de faire leur pain est la *cherté du bois*. Le bois devient de plus en plus cher, par suite du défrichement des forêts.

« Ai-je besoin de vous dire qu'ici, à l'abbaye, le pain est fait à la maison, et nous mangeons un bon pain, les religieuses sont fort habiles à ce travail.

« Il serait à désirer nous dit, en concluant, notre vénérable interlocuteur, que l'alimentation publique, dans ses sources principales au moins : *les farines, le pain, la viande* ne fut pas *laissé au hasard, et exposée à toutes les éventualités de l'intérêt privé et de la spéculation*. En cette matière, l'intervention de l'autorité et sa surveillance me semblent UNE QUESTION DE BON SENS ET D'ORDRE AU PREMIER CHEF.

Flavigny-s.-Moselle, le 13 septembre 1880.

EN DOMBES. — BRESSES. — BUGEY.

Voici ce que veut bien m'écrire un ami, monsieur Ph. L...., originaire de cette région, qui l'a presque toujours habitée, qui y est retiré aujourd'hui et que sa haute position sociale comme

ses études constantes et de premier ordre des intérêts locaux
met à même de connaître les faits et de les apprécier.

Selon lui, l'introduction du pain de boulanger dans les campagnes de certaines parties de cette province et sa substitution progressive au pain de ménage ne fait pas de doute; le fait concorde avec l'importance des agglomérations de population et les falicités de communication :

« L'homme de l'industrie ou du commerce ne venant jamais s'implanter que là ou il flaire une clientèle en rapport avec ses vues lucratives.

Puis il ajoute, et je vais citer textuellement :

« Je voudrais répondre d'une manière satisfaisante à votre question sur le *pain*, qui est maintenant l'objet de vos études. La proportion entre les ménages qui usent du pain de boulanger et ceux qui panifient eux-mêmes leur farine me semble difficile à établir.

« Il est certain que les boulangeries se sont beaucoup multipliées, et qu'il en existe dans presque tous les villages d'une certaine importance, lorsque la population est agglomérée comme dans le Bugey et le Revermont ; mais en Bresse et en Dombes où les habitations sont disséminées, il doit y avoir peu de boulangers, ou tout au moins, beaucoup de ménages sont trop éloignés du clocher pour y aller chercher leur pain.

« Il faut dire aussi qu'en Bresse, en Dombes, et même dans les communes les plus fertiles, on fait encore usage du pain ou *gâteau de Maïs* et de la *gaufre de blé noir* en guise de pain. J'ai vu dans de grosses fermes, une femme installée avec plusieurs gaufriers devant un grand feu de cheminée et cuisant pour plusieurs jours la nourriture de la ferme. La gaufre de sarrazin est assez bonne quand elle sort du fer, ne plaît guère au palais des citadins quand elle est froide et ramollie ; mais les gens de campagnes s'en contentent. »

Bourg-en-Bresse, 22 août 1881.

surlendemain des prix détaillés de ces deux espèces et qualités diverses d'aliment.

Voici, car cela intéresse toutes les populations au même degré, les principaux considérants de la pétition qui a motivé l'intervention de l'autorité.

« Le prix des denrées provoque, par son élévation, des plaintes unanimes. *Tous les débitants, en général, s'entendent pour tenir à haut prix les denrées alimentaires.*

« Les bouchers nous vendent la viande 50 à 60 centimes de plus par kilo ; il en est de même des boulangers, qui prélèvent 6 à 7 centimes de plus par kilo, que sous le régime de la taxe, dans un moment où toutes les denrées alimentaires sont d'une cherté excessive.

« Nous venons vous prier, M. le Préfet, de mettre à exécution le projet que vous a présenté, le 25 mai dernier, M. Giroud-Dargond. Ce projet comprend :

« 1° Le rétablissement de la taxe du pain et de la viande, mesure déjà adoptée dans un grand nombre de villes.

« Il importe d'autant plus de revenir à cette mesure que, malgré toutes les réclamations, la coalition des bouchers et des boulangers continue à nous vendre le pain et la viande à des taux exagérés, lesquels ne sont nullement en rapports avec le prix des bestiaux et des farines.

« *Pourrait-il, d'ailleurs, en être autrement, alors que le nombre des boulangers s'est élevé en quelques années de 300 à 607, et qu'ils s'entendent parfaitement pour nous vendre le pain six à sept centimes de plus par kilo, qu'il ne serait payé, si la taxe était en vigueur ?*

« 2° La création à Lyon de la caisse de compensation ou caisse de la boulangerie qu'on a appelée la caisse d'épargne du pain ; le but de cette caisse est de vendre le pain à un prix inférieur à sa valeur réelle, durant les années de cherté, par contre, de le faire payer un peu plus cher pendant les années d'ales paysans se sont défiés et ils n'y ont pas consenti. Quelques uns, cependant, en commençant, ont fait l'échange ; mais ils n'ont pas été encouragés à recommencer, parce qu'ils n'y ont pas vu leurs avantages.

« Depuis un certain nombre d'années, il s'est néanmoins établi, çà et là, des boulangers dans le pays, et alors, *au temps des grands travaux de la campagne,* il arrive quelquefois que l'on se dispense de cuire et qu'on va s'approvisionner chez le boulanger, quand on en a un à sa portée.

« Il n'y a pas de fours dans toutes les maisons ; mais ceux qui en ont les prêtent aux autres. C'est un avantage pour tout le monde, on bénéficie de la chaleur des cuissons qui se succèdent ainsi. *C'est un peu le four banal.*

Rosières-aux-Salines (arrondissement de Nancy), le 11 septembre 1880.

DANS LE LYONNAIS

DÉPARTEMENT DU RHÔNE ET VILLE DE LYON.

Dans cette région, qui confine le Midi et les montagnes, région dont la population ne manque pas, comme l'on sait, d'intelligence et d'énergie — *la question alimentaire* — mais touchant aux deux principales sources de la vie — *Pain et Viande* a pris, dès 1874, c'est à-dire après quatorze années d'expérimentation du principe de la liberté commerciale appliquée à la boulangerie et à la boucherie (1), un tel caractère d'acuité, qu'après un certain nombre de réclamations fort judicieusement motivées d'ailleurs ; et toujours pleines de déférence ; l'autorité locale s'est déterminée à y faire droit...

Par arrêtés préfectoraux du 28 août 1874, les taxes du pain et de la viande furent rétablies, et ces arrêtés furent suivis le

____

(1) Le décret sur la liberté de la boulangerie est du 22 juin 1863.

bondance, création qui, non seulement permettrait de vendre le pain cinq centimes de moins, par kilo, qu'aujourd'hui, mais encore offrirait le moyen d'amortir en quelques années les dettes de la ville, de fonder et doter un hôtel des invalides du travail, sans créer aucun impôt.

« Nous avons l'honneur d'être, avec un profond respect, etc........ »

Suivent les signatures au nombre de plus de 50,000.

La plaie du régime de la liberté commerciale illimitée est, en effet, la multiplicité indéfinie des participants à un trafic donné,..... ce qui, nécessairement, oblige à chaque nouvel arrivant de partager le bénéfice ; mais comme; ce qui est assez naturel lorsqu'on a son entière liberté d'action ; l'on voit la possibilité de rendre cette part de bénéfice moins maigre, en en prélevant un complément sur le client, en se concertant ; bien entendu; l'on ne s'en fait pas faute. De là, l'exploitation sans frein du public, qui, en cette occurrence, sous le régime en question, n'a absolument aucune protection : ce qui me fait dire que si, sous le régime protectionniste, il y a monopole, ce monopole est tout favorable au public, qui se trouve ainsi, non seulement pourvu de substance de meilleure qualité, mais encore à des prix modérés et toujours rationnels, c'est-à-dire proportionnels avec le prix de revient de la chose.... tandis que sous l'empire du régime de la liberté, si, *en apparence*, oui, il n'y a pas monopole..., en réalité, il y a monopole, et celui-là, tout au détriment du public et comme qualité de produits et comme prix.

Dans une lettre à un des principaux organes de la population Lyonnaise : la *Décentralisation* : M. Girond-Dargoud, l'un des plus sagaces et zélés réclamants Lyonnais, au nom de ses concitoyens, et originairement (il le déclare franchement), un *des plus chauds partisans de la liberté commerciale*, établit avec une rigueur saisissante le total de la somme perçue par les boulangers, au détriment de la population Lyonnaise, depuis le décret sur la liberté de la boulangerie (22 juin 1863) jusqu'en 1874, date de la réclamation. Cette somme totalisée pour ces onze années, ne s'éleverait pas à moins de 81 millions 216,300 francs.

Puis, il montre le bénéfice des boulangers, par sac de farine de 125 kilogr., s'élevant peu à peu, *à mesure que le nombre des établissements de boulangerie augmente à Lyon.*

Aussi, conclue-t-il.

« Ces chiffres ne parlent-ils pas éloquemment? Ne démontrent-ils pas que la liberté de la boulangerie n'a été qu'une amère déception? » (1).

C'est l'évidence même, et nous sommes heureux que cette instructive digression à notre étude vienne à point; quoique traitant un côté de la question différent du nôtre; pour confirmer nos idées sur une réforme désirable du régime de la liberté appliquée à la boulangerie. Il est évident qu'au point de vue DE LA QUALITÉ DU PAIN et *de la fabrication*, cette branche de notre industrie doit être dégagée de la libre concurrence, confiée à un personnel choisi, présentant des garanties, et, avec ces précautions, être vigilamment surveillée par l'autorité.

Un fait remarquable subsiste dans cette région Lyonnaise, et dans la ville de Lyon, en particulier, dont la population n'est pas moindre de trois cent mille et quelques habitants : C'est que là, même la population urbaine, celle qui depuis si longtemps ailleurs est déshabituée du pain de ménage, parce qu'elle ne peut plus cuire elle-même chez elle, par suite de son mode d'habitation, et des exigences de ses travaux ; *là cette population, éclairée sur ses vrais intérêts hygiéniques et pécuniaires, et aidée par*

---

(1) Voir, pour tous les détails de cette question de la taxe de la boulangerie et de a boucherie, rétablie à Lyon, les numéros des 15 juillet, 22 août, 1, 12, 16 et 22 septembre 1874 du journal la *Décentralisation.*

l'autorité, se nourrit presqu'en majeure partie *de pain de ménage* ou pain dit de deuxième qualité, pain qui lui est fabriqué convenablement par les boulangers, et fourni à meilleur marché que le pain blanc, dit de première qualité. C'est M. Jules Michel, déjà cité, qui nous l'apprend, et en ces termes, dans son remarquable rapport à la Société d'Economie politique de Lyon.

« A Paris, dit cet économiste, la taxe a supprimé à peu près complètement l'usage du pain de ménage ou pain de deuxième qualité, pain nutritif et savoureux, qui était, au siècle dernier, la base de l'alimentation parisienne. On l'avait taxé à 0 fr. 075 au dessous du pain de première qualité, et pour le fournir à ce prix, les boulangers devaient recourir aux farines avariées.

« Je dois dire à l'honneur de l'administration municipale de Lyon, qu'elle a été de tout temps mieux inspirée que la préfecture de la Seine, dans la réduction de la taxe. *Au lieu de taxer le prix du pain de première qualité,* ELLE FIXAIT LA TAXE POUR LE PAIN DE MÉNAGE. Le pain de première qualité se payait 0 fr. 05 en sus. *Aussi, l'usage du pain de ménage s'est conservé à Lyon et il entre pour moitié dans l'alimentation publique* (1).

(1) La taxe de la boulangerie et de la boucherie à Lyon : Rapport par J. Michel, ingénieur des ponts-et-chaussées. — Imprimerie Mongin-Rusaud. Lyon, 1876.

En principe, l'auteur n'est pas favorable à la taxe. Voici ce qu'il dit :

« Jamais, avant la révolution de 1789, la taxe du pain n'avait été en vigueur.

« Dès 1264, on constate que la liberté la plus complète est assurée à la fabrication du pain.

« Le pain de luxe, seul, était taxé depuis le règne de Louis XIV, à l'encontre de ce qui se passe aujourd'hui.

« Mais nulle part, pas même à Paris, on ne songea à taxer le pain de consommation ordinaire, ni le pain de ménage, dit de seconde qualité, qui entrait à cette époque pour une forte proportion dans l'alimentation publique. »

DANS LA CHAMPAGNE

AUX CONFINS DE LA BOURGOGNE

Arrondissement de Langres (Haute-Marne).

M. L. P..., occupé comme principal dans un de nos établissements importants de Meaux, mais originaire de cette province et qui a habité longtemps le canton de Auberive, veut bien me faire la déclaration suivante.

« — C'est dans tous les cantons de l'arrondissement de Langres que se pratique encore, sur une grande échelle, la mouture à façon.

« Dans le canton d'Auberive que j'ai habité et où tous les petits moulins sont alimentés non-seulement par la rivière l'Aube, mais encore par tous les petits cours d'eau que l'on peut utiliser, la mouture à façon s'y fait journellement.

« Ainsi, à *Rouelles*, à *Bay*, à *Vitry-en Montagne*, à *Germaines*, à *Chameroy*. à *Virey*, enfin dans presque toutes les communes de ce canton, à Auberive même, chaque ménage cuit encore. — Chacun connaît *le jour du passage du meunier* ; et ce jour là, le petit comme le gros cultivateur prépare son grain, les uns froment pur ; les autres froment et seigle ; ceux-ci froment et orge, suivant son goût et la nature de sa récolte. Le meunier le reçoit en y mettant une étiquette, l'emporte et le rend quelques jours après transformé en *farine, son et remoulage*.

« Ce qui se pratique dans le canton d'Auberive, peut s'attribuer à tous les autres cantons de cet arrondissement.

« Meaux, 5 février 1884. »

RENSEIGNEMENTS PRIS EN SUISSE

CANTON DE VALAIS

District de Saint-Maurice

Cette partie du Valais confinant presqu'à la Savoie, et la population, d'ailleurs, de même origine que celle Française, parlant la même langue, et ayant avec notre nation les plus grandes affinités, comme esprit, comme habitudes et comme mœurs, j'ai pensé qu'il ne serait pas indifférent au lecteur de savoir ce qui s'y passe au point de vue de l'alimentation panaire ; car on tire de bons fruits de l'expérience : tout autant et plus souvent même, de l'observation chez les autres que chez soi. Au surplus, ce court point d'arrêt à l'étranger, révèle un fait assez remarquable, qui a peut-être son analogie sur quelques points de notre pays, et qu'il n'est pas sans intérêt, pour notre gouverne, de souligner.

Depuis douze ans, je vais régulièrement passer tous les deux ans la belle saison d'été, dans cette petite ville qu'une branche de ma famille habite. Il m'a donc été facile d'y asseoir des observations exactes.

Saint-Maurice, très ancienne ville historique du Valais, a une population de 1300 habitants.

On fait dans cette ville pour l'alimentation de cette population mi-urbaine propriétaire foncière, et mi-agricole ouvrière, des pains de trois qualités :

du pain blanc, à 0 fr. 40 le kilog. (1)

du pain bis de 1re qualité, à 0 fr. 36 le kilog.

du pain bis de 2e qualité, à 0 fr. 30 le kilog.

Ces trois catégories de pain sont de froment pur. Il n'y entre ni seigle ni orge.

(1) Prix de l'année 1881, mois d'août et septembre.

Le boulanger X..., auquel je me suis adressé, fait tous les vingt-quatre heures deux fournées de pains bis (1re et 2e qualités) contre trois fournées de pain blanc.

Il y a trois espèces de farine : celles qui servent à la fabrication des pains bis est la moins bluttée. Celle affectée au pain bis, 2° qua'ité, contient même, quand on y regarde de près, de petites paillettes de son.

Ce sont les familles les plus pauvres qui demandent et se nourrissent plus particulièrement de pain blanc ; les unes par préjugé, le croyant le meilleur pour la santé ; les autres par gourmandise. Cependant, les plus intelligents adoptent le pain bis de 1re qualité pour la consommation et n'usent du pain blanc que pour la soupe.

Quant à la classe riche et celle aisée ; *la bourgeoisie* ; elle fait presqu'exclusivement usage du pain bis de 1re qualité.

A l'abbaye de Saint-Maurice, qui est le collège libre du district, les Chanoines Augustins, propriétaires, dont l'ordinaire, sans être recherché, est confortable et bien entendu, ne font pas usage d'un autre pain que celui bis de première qualité.

Les étudiants ou élèves laïcs de l'abbaye consomment, en pain bis première qualité, par jour, chacun en moyenne un demi kilog, ou une livre de ce pain.

M. X..., sur prescription des médecins, et pour les malades, fait un *pain spécial*, composé de 500 grammes de farine, 100 grammes de son et une cuillerée à café de bi-carbonate de soude, pour faciliter la digestion. *Il faut le commander.*

Nous devrions prendre exemple de ce qui se fait à l'abbaye de Saint-Maurice, sous la judicieuse direction de cet ordre célèbre, et faire mieux encore, c'est-à-dire nous préoccuper de nourrir notre intéressante jeunesse cloîtrée, elle aussi pour plusieurs années dans nos lycées et collèges, avec cet excellent et savoureux pain de ménage, dont la formule et le mode de fabrication nous sont connus ; mais ici et pour ce faire et mieux faire, acheter nous mêmes *sur notre propre sol* les blés de première qualité, ceux de *Brie* notamment, réputés riches en substances azotées, les faire moudre nous-mêmes pour en tirer la *farine voulue*, et de cette farine faire faire par un boulanger attitré à cela, le pain nécessaire à leur usage.

On réjouirait cette jeunesse d'abord, mais ce qui vaut mieux, on contribuerait à lui faire un corps bien autrement sain et vigoureux que ne peut le faire cette pastiche de pain, qu'on appelle le *pain blanc*.

Car, au collège, on aime le pain ; on en mange beaucoup ; et d'ailleurs, on vous le sert à discrétion. Il est donc essentiel qu'il soit UNE NOURRITURE, dans la véritable acception du mot.

IV

La Situation. — Les Responsabilités. — Conclusions.

Nous avons dit que l'*ancienne farine*, celle avec laquelle on pouvait faire le pain de ménage, n'était plus faite, et que les boulangers voulussent-ils l'avoir ? ne la trouveraient plus chez leur meuniers. Cela est vrai : ils l'ont déclaré.

D'abord, en Brie et sur quelques autres points régionnaux de notre pays, ainsi qu'on l'a vu, elle n'est plus fournie, et depuis longtemps déjà, aux cultivateurs qui apportent leurs grains à l'usine, parce que nos grandes minoteries ne s'astreignent plus à moudre à façon, et que, quant à l'échange du grain qu'on apporte en place d'une farine toute préparée, échange auquel le cultivateur est obligé de souscrire, il ne se fait plus qu'avec un produit farineux répondant non plus aux exigences des propriétaires ruraux, mais aux exigences générales de l'*industrie de la boulangerie*, laquelle céderait elle, à la pression de la population urbaine qui, si l'on doit s'en rapporter complètement aux déclarations des boulangers, lui demande une qualité de pain qui soit le *plus blanc possible*. Le meunier doit donc répondre à cette exigence en s'efforçant de produire *une farine qui fasse du pain très blanc* et c'est ce qui a lieu.

Telles sont les explications qu'a bien voulu nous donner un des meuniers les plus compétents de nos environs, et ce qui ressort du reste de l'ensemble de nos investigations. Il est facile, maintenant, devant l'état de choses qui vient d'être exposé, de reconnaître les responsabilités engagées dans la question et de les graduer suivant leur influence.

MEUNIERS. — Il est fâcheux que les *petites minoteries* qui étaient autrefois disséminées sur notre territoire, soit moulins à eau, soit moulins à vent (1) et dont la principale industrie

(1) On lit pages 70 et 143 du volume : *Lectures sur l'histoire de l'agriculture dans le département de Seine-et-Marne à la société d'agriculture de Meaux*, par M. l'abbé F. A. Denis, chanoine et notre bibliothécaire, ce qui suit :

« A la fin du douzième siècle, 1160, les moulins se multiplièrent dans le département de Seine-et-Marne. Les eaux mêmes des petites rivières furent aménagées pour faciliter les chutes d'eau nécessaires à leur établissement. La Seine et la Marne en comptaient un grand nombre. Dans le Gâtinais, le Lunain n'en avait pas moins de vingt-cinq ; La Térouanne dans le Multien, environ une vingtaine.

» Quant aux Moulins à vent, qui ont presque tous disparu successivement, et qui étaient naguère très nombreux sur nos collines, ils datent du commencement du douzième siècle. *On en avait établi sur tous les points culminants.*

Voici d'un autre côté, ce que je lisais en 1878, dans le *Catalogue officiel publié par le commissariat général de l'Exposition universelle, tôme III.*

« Au commencement de ce siècle, la meunerie était pratiquée *par d'innombrables petits moulins dispersés sur tous les cours d'eau, et par des moulins à vent,* se livrant pour la plus part A LA MOUTURE A FAÇON.

On ne connaissait, antérieurement au douzième siècle, que les MOULINS A BRAS, très en usage alors dans les monastères du moyen âge où, comme l'on sait, les religieux rassemblaient avec intelligence et un ordre parfait, autour de leurs belles constructions de prières et de travail intellectuel, les ateliers d'art et d'industries diverses, ainsi que les installations agricoles et économiques les plus complètes pour le temps.

Description de la célèbre abbaye de Saint-Gall, neuvième et dixième siècles : cours de l'histoire de l'architecture monastique à l'école des Beaux-Arts par M. Albert Lenoir, professeur, membre de l'Institut 1859 ; *notes manuscrites de M. Burger.*

était de moudre à façon pour les cultivateurs récoltant leurs
grains, aient disparu et que les grands établissements qui ont
amené leur chûte, n'aient pu continuer cette même industrie,
dont avait à profiter si utilement la population rurale ; puis
qu'elle pouvait en tirer l'avantage de se bien alimenter en pain
de ménage, et à moindre frais. Il est aussi regrettable que ces
mêmes industriels, préoccupés sans doute d'un négoce complexe
et plus étendu des grains et des farines ; il n'y a pas à les en
blâmer ; n'aient pu, tout au moins, préparer et tenir à la disposition du public, soit directement à la disposition des campagnards qui persistaient à cuire eux-mêmes leur pain ; soit
indirectement à la disposition des fabricants de pain ; la farine
ad hoc, cette farine spéciale avec laquelle *l'ancien pain de ménage*
pouvait se faire. Car, d'une part, les campagnards n'auraient
point perdu l'habitude de cuire chez eux, comme ils y tenaient,
et d'autre part, tout porte à croire que le pain de ménage se
perpétuant dans notre population rurale, la tradition de son
usage et son goût, n'auraient pas aussi complètement disparu
dans la population urbaine ; ce qui aurait entretenu les boulangers dans l'habitude qu'ils avaient, de préparer simultanément
avec le pain blanc de luxe dit de 1re qualité, un autre pain dit
bis ou de 2e qualité ; pain bis bien manipulé, et qui sans l'éga-
ler se rapproche beaucoup du pain fait dans les ménages ; à
Lyon, par exemple, où la consommation de pain bis ou de 2^{e}
qualité prime pour ainsi dire, dans la classe ouvrière, celle du
pain blanc, ainsi que nous l'a fait connaître M. Jules Michel
dans son rapport sur taxe cité plus haut.

Cette relation voulue, et de la quelle tout dépend, entre le
bon pain bis de ménage et une farine spéciale, est tellement
inévitable, qu'elle est comprise et appliquée par tous les esprits
justes qui veulent, au point de vue de l'alimentation panaire,
assurer le bien être et la santé de la population.

Ainsi, un de nos plus grands industriels de la Normandie ;

qui est aussi un homme de bien et un homme de sens ; M. de la Germonière, de Caen, qui occupe là un nombre considérable d'ouvriers, voulant assurer à ces familles, *indépendamment du bien être moral, le bien être matériel* autant que cela lui a paru possible, a commencé par les soustraire aux exagérations locacatives, en les installant dans de petites maisons isolées contiguës chacune à un jardinet, où là, ils peuvent avoir l'ILLUSION DU FOYER TRADITIONNEL DOMESTIQUE. Puis, ce n'est pas tout, sachant mieux que personne tout ce que la question des subsistances et de l'alimentation avait aujourd'hui de difficultés pour tous, mais avant tout pour les familles peu fortunées, il s'est proposé de leur faire avoir, au moins aussi pur et aussi bon que possible, le PREMIER DES ALIMENTS : le PAIN ; et, soucieux de la question panaire comme nous ; voyant bien par où elle laisse à désirer ; pour soustraire cette population ouvrière aux deux déficits notoires relevés plus haut, il a fait installer, dans son centre manufacturier de petites minoteries à façon et des fours ; et, munis de cet outillage, l'outillage ancien et primitif, le vrai bon outillage, les ouvriers achètent leur grain, le portent à la mouture, en retirent la farine et les résidus qu'ils vendent ou dont ils se servent pour engraisser des animaux, et les femmes cuisent le pain de famille chaque semaine.

Cet exemple ne saurait passer inapperçu près des communes et des cultivateurs, et même près des collectivités urbaines.

Il serait donc utile : d'une part que les petits établissements de mouture travaillant à façon, réapparussent dans les campagnes, pour l'usage des cultivateurs récoltant leurs grains et persistant à cuire chez eux ; et d'autre part, que les possesseurs des grandes minoteries, qui approvisionnent de farine les boulangers, tinssent à leur disposition cette même qualité de farine, produit intégral du noyau farineux avec laquelle le pain de ménage peut se faire ; afin de la mettre à même de répondre aux demandes du public.

Les Boulangers. — Quant aux boulangers qui nous livrent généralement un pain défectueux, un pain qui, avec de l'apparence, n'a aucune des qualités requises pour être réputé, suivant les opinions des chimistes et des hygiénistes, *un aliment vraiment réparateur des forces et salubre même*, il est évident que c'est à la liberté absolue commerciale, à la faculté entière de se multiplier, d'agir chez eux comme il leur plaît et de se concerter, qu'il faut attribuer la déchéance graduelle de cet aliment, leurs tendances à en fausser la fabrication et à en faire accepter le résultat par le public ; et enfin, et surtout, ces sophistications connues qui placent, on l'a vu, les honnêtes commerçants dans une situation embarrassante, en face de la concurrence déloyale qui leur est faite.

Qu'il y ait dans une ville, ou un rayon d'approvisionnement quelconque, plus de mégissiers, plus de merciers, plus de chapelliers, etc., etc..., qu'il n'en faudrait, pour que chacune de ces maisons fissent de suffisantes affaires, c'est fâcheux pour elles ; et le public peut avoir à s'en plaindre ; mais en somme les conséquences pour lui, soit comme mauvaises qualités des produits soit comme prix de vente, ne se traduisent ici que par une plaie d'argent, à déplorer sans doute, mais qui n'est pas de nature à trop contredire au principe de la liberté absolue de commerce. Mais il en est tout autrement, en matière d'alimentation publique, et surtout quand il s'agit des deux principales ressources alimentaires — le pain et la viande —. Là il convient, ce nous semble, que la population soit mise à l'abri de toutes les causes artificielles qui peuvent en faire élever le prix d'une façon exagérée ; et, quand il s'agit d'un produit manipulé, comme le pain, des supercheries qui peuvent en altérer la composition et l'effet nutritif. Car, si cela n'est pas, les conséquences en deviennent graves pour la santé publique. On l'a vu par les déclarations des autorités les plus à même de se prononcer. Nous les avons fait ressortir dans ce rapport.

Il y a donc là, Messieurs, vous le voyez, une situation exception-nelle, et qui appelle des mesures exceptionnelles. Et c'est ce que la population comprends parfaitement, en en demandant l'ap-plication, à savoir : — *protection,* — *contrôle,* — *surveil-lance.*

La responsabilité du corps de la boulangerie en l'occurence, est notablement plus engagée que celle des meuniers ; et ce-pendant, à notre avis, elle attire encore à elle des circons-tances atténuantes ; car, après tout, les boulangers sont libres ; notre réglementation les a fait libres, et par cela même exposés à une concurrence illimitée, et parfois, ainsi qu'on l'a vu, peu délicate : or, qu'on me passe l'expression, ils s'en tirent comme ils peuvent et *comme ils veulent*; c'est là le mal; personne ne s'interposant entre eux et le public, d'une façon protectrice et efficace, et pour eux-mêmes et pour le public.

La Population. — Elle n'est pas indemne de responsabilité dans la situation que nous venons d'exposer, tant s'en faut. Mais, à vrai dire, et pour être juste, hâtons d'exonérer d'une bonne part de ce grief *la population rurale* dont nous venons de traduire mot à mot toutes les impressions. On a pu voir com-bien depuis 25 à 30 ans, dans la Brie, date de la proclamation de la liberté de la boulangerie, elle a lutté contre la substi-tution à ses anciens produits de mouture à façon, de produits étrangers qui ne lui rendaient pas son même pain. Si donc, les cultivateurs ont été amenés peu à peu à abandonner l'usage de cuire à leur foyer, ce n'a pas été leur faute.

Quant à la population urbaine ; le lecteur se le rappelle ; elle est complètement dévoyée, et depuis longtemps, *sur les vraie qualités à attribuer au bon pain.* Elle cède à des erreurs et à des préjugés déjà bien enracinés. Il faudrait qu'elle s'éclairât et qu'elle arrivat à bien se convaincre que ce n'est pas le *pain blanc* qui est le meilleur, et que cette qualité de la blancheur est, on peut dire, en raison inverse de la qualité nutritive et de la qualité de saveur du pain.

Il faut aussi, pour tout dire, qu'elle se tienne en garde contre ce petit sentiment de vanité et d'ostentation qui pousse le gros de la population, la grande majorité des ménages à vouloir agir, en cela, comme l'intime minorité des ménages, ménages opulents qui, eux, ayant et pouvant avoir une table recherchée, composée à l'ordinaire de mets surabondants, très nutritifs, peuvent parfaitement se passer d'un pain qui ait cette qualité. Laissons ces maisons commander au boulauger un pain de luxe et de fantaisie, très blanc, de peu de goût et de forme avenante; mais nous, ne les imitons pas, ne regardons pas ce pain comme étant celui qui nous convient, et exigeons de lui, un pain qui puisse à la rigueur, nous servir d'aliment, mangé seul, mangé rassis et toujours avec plaisir, ainsi que le déclarent, on l'a vu par l'enquête, tous ceux qui peuvent encore se le procurer.

Une objection, cependant, peut être faite... et j'ai hâte d'y répondre :

Mais, me dira-t-on ?.... on mange aujourd'hui beaucoup plus de viandes qu'autrefois, et cette introduction de la chair animale, nourriture essentiellement azotée, dans le régime, peut compenser et au delà même, le déficit de ces éléments, déficit constaté dans les pains provenant des farines blanches et fines.

On me permettra de contester ce fait: à savoir, que la consommation de la viande a augmenté dans les petits ménages, dans les ménages composant le gros de la population. Aux prix où se vend la viande depuis bientôt vingt-cinq ans, prix qui s'élèvent toujours, sans jamais baisser, et cela, quelque bas que soit le prix des bestiaux sortant de l'écurie du producteur.... Ce n'est pas possible (1).

Je crois donc pouvoir dire, et sans me tromper, que dans ces conditions de prix élevés, la consommation de la viande dans les ménages composant le gros de notre population, devient forcément très limitée ; sans compter les ménages un peu plus élevés, où l'on s'observe grandement, pour obvier aux difficultés complexes de la vie, et où l'on en mange moins qu'autrefois. Je dis donc que dans ces petits ménages où j'ai pénétré plus d'une fois pour les besoins de la cause que j'ai l'honneur de vous soumettre, on ne vit, en fait de viandes, que de graisses pour accomoder les légumes, et de pauvres déchets, misérables accessoires qui ne valent certes pas l'ancien bon pain, *et ne compensent absolument rien,* on peut en être sûr.

Au reste, je n'ai jamais bien compris pourquoi l'on se préoc-

(1) En 1866, quand je suis arrivé à Meaux, l'on payait la viande 0,85 centimes la livre ou les 500 grammes, les morceaux de choix veau et bœuf, et le filet de bœuf 1 fr. 20. Aujourdhui, 1884, les morceaux de choix veau et mouton se payent 1 fr. 20 ; le bœuf 1 fr. et le filet de bœuf 2 fr.

A Paris, antérieurement à la déclaration de la liberté du commerce de la boucherie. Ma famille habitait alors la capitale ; l'on payait, par abonnement, et depuis nombre d'années, les premiers morceaux de viande de toute espèce, 0,80 cent. la livre.

A cette époque. 1859, où l'on parlait déjà beaucoup de cette modification économique, ma mère, femme de réflexion, voulut savoir à quoi s'en tenir sur les conséquences du régime en projet, et elle alla avec moi poser la question à son boucher, M. A..., qui tenait l'étal de la rue de Tournon. M. A..., après 27 ans de ce commerce, venait de céder son fonds, et se retirait en Algérie où il allait faire valoir des propriétés qu'il y avait achetées. Or, voici ce qu'il répondit à ma mère : « Madame. dans le premier moment de confusion, vous aurez la viande à un prix moins élevé; puis elle reprendra bientôt le cours actuel, pour aller toujours en augmentant, et vous arriverez rapidement à des prix très élevés qui ne s'abaisserout jamais... Cela peut vous étonner ce que j'ai l'honneur de vous dire. mais ce sera comme cela... et dans quelques années vous pourrez vérifier ma prédiction ». En 1869, ma famille retirée à Crécy, reconnut la justesse de cette prédiction.

Là, aussi, il devrait y avoir limitation du nombre des offices et taxe.

cupait à ce point, de notre temps, d'introduire la chair animale à forte dose, dans le régime, soit disant pour nous faire gagner en forces corporelles, quand nous avons, pour atteindre ce but : la tradition est là pour en faire foi ; tout ce qu'il faut dans le *grain de blé* (se reporter à l'aperçu historique).

Aujourd'hui, que l'on cherche, et avec un zèle on ne peut plus louable, à augmenter les rendements de toutes choses pour surélever les ressources alimentaires ; ne ferait-on pas bien d'abord d'aviser à tirer le meilleur parti possible de la ressource par excellence, dont on dispose déjà dans notre beau et bon pays de France, en conservant par des procédés de mouture et de panification irréprochables à la production du BLÉ son vrai caractère alimentaire, et sa première et séculaire destination, LA NOURRITURE DE L'HOMME.

On peut facilement se rendre compte par cet examen, cette mise en relief de l'attitude du public en général, dans cette question de l'alimentation; question qui le touche cependant à un si haut degré; attitude trop passive; n'ayant recours qu'à la plainte et aux doléances; que dans l'état de choses relevé ici, *sa responsabilité* est notablement plus accentuée que celles des meuniers et des boulangers; car, en définitive, tout public, soit directement par lui-même, au moyen de certaines mesures particulières et bien de lui, soit indirectement par ses autorités dont il peut, et dont il doit, au besoin, susciter l'intérêt et l'intervention est susceptible d'une certaine action, et reste toujours responsable, dans une certaine mesure des situations qu'il subit ou dont il jouit.

L'AUTORITÉ. — C'est elle qui, à notre sens, assume la plus forte part de responsabilité dans la situation actuelle, situation où il y a conflits entre des intérêts particuliers trop livrés à eux mêmes et l'intérêt général de la population. Elle laisse trop faire, ne se croyant pas en droit d'intervenir, devant le principe de la liberté commerciale absolue.

Ce serait à elle, cependant, à pallier ce que peut avoir d'excessif l'usage de cette liberté ; elle est le pouvoir et elle doit se sentir la force d'agir. Elle n'est pas sans voir et sans entendre ; elle sait ce qui se passe ; or, elle nous semble trop se désintéresser des faits qu'elle a sous les yeux, se fiant peut-être trop sur l'initiative privée. Mais l'initiative privée est dans un très grand nombre de cas, ou insuffifisante, ou même impossible à réaliser sans le secours de l'autorité, qui elle ; elle nous semble trop l'oublier ; est la délégation reconnue et active de la population.

La bonne alimentation d'une population est une question de premier ordre. Elle ne saurait être abandonnée à elle-même, et, cela est tellement vrai, est tellement de sens commun ; le lecteur a pu le voir dans ce rapport : que presque toutes les personnes interrogées et consultées terminent d'elles mêmes leurs réponses par ce vœu judicieux et presqu'impératif : *L'autorité devrait surveiller..!* ou par cet aveu, d'un complet découragement : *Nous avons beau nous plaindre, nous ne sommes pas écoutés...!* témoignages bien significatifs de l'impuissance d'une population atteinte dans un de ses intérêts vitaux, lorsqu'elle est privée du secours de l'autorité.

Il est donc hors de doute que l'alimentation publique, mais surtout et avant tout, en France, l'*alimentation par le pain*, puis que le blé et le seigle sont notre production nationale, *est une branche* commerciale exceptionnelle, qui pour sortir tout son effet à l'avantage de la population, appelle un régime économique à part, c'est-à-dire la surveillance et la protection.

Mais qui dit *surveillance, contrôle, protection*, dit aussi COERCITION au besoin. Et c'est en cela, aujourd'hui, un peu partout, l'autorité faiblit. Quand elle croit devoir intervenir elle le fait sans une efficacité suffisante.

L'intervention complète et énergique de l'autorité, son action jusqu'au bout, en matières d'alimentation publique, a d'autant plus sa raison d'être, à notre époque, que les sciences ont progressé à grands pas, et qu'en avançant elles donnent à l'homme les moyens de mieux tromper, et il le fait de nos jours quand il entre dans cette voie, on peut le dire, savamment. Il ne suffit donc pas de découvrir la fraude, et, en élevant science contre science, de dire : VOILA LE MAL ! il faut l'arrêter, et prévenir toute nouvelle tentative.

Pour cela, il faut que les moyens de répression suivent, et soient d'autant plus énergiques que le mal est grand dans ses conséquences, et que la combinaison a été prémiditée.

Nos pères excellaient dans cette lutte. Ils savaient, quand ils ne fallait, porter au coupable des coups sensibles. La lecture de la belle ordonnance de Louis XIV concernant la juridiction des prévots des marchands et échevins de la ville de Paris; du mois de décembre 1672; en y dégageant bien entendu certains détails; édifierait à cet égard. Quel esprit de droiture; quelle préoccupation du bien public et de l'intérêt de la masse de la population, et enfin, quelles précautions sagaces pour prévenir les abus !

CONCLUSIONS

Nous n'avons pas le droit de donner des conseils à l'autorité et à édicter pour elle; mais nous pouvons sous forme d'interrogations, préciser les points sur lesquels elle peut arrêter son attention et appliquer des réformes.

Ainsi, en ce qui concerne *la population rurale* qui se déshabitue de l'ancien pain de ménage et perd l'usage de cuire chez elle, malgré la supériorité nutritive et savoureuse de ce pain, parce que dans une grande partie de nos régions, elle ne trouve plus la possibilité de faire moudre son grain à façon comme par le passé.

Ne pourrait-on pas encourager la réapparition dans les campagnes de ces petits établissements de mouture à façon (moulins à vent, moulins à eau, moulins à vapeur, moulins à chevaux) par grouppes de communes : minoteries usuelles et ménagères, où le cultivateur pourrait reprendre l'habitude d'aller à la *petite monnaie*, comme cela se disait autrefois et imiter en cela l'intelligente initiative du grand manufacturier de Caen, citée dans ce rapport et qui a trouvé par ce moyen à procurer le vrai bon pain de ménage à ses ouvriers ?

En ce qui concerne la *population urbaine* qui, elle, est à la discrétion de l'industrie de la boulangerie, ne pourrait-on pas, ainsi que cela est catégoriquement demandé par tous les consommateurs, par les médecins et les hygiénistes que la santé santé publique préoccupe, exercer sur elle une surveillance vigilante, et un contrôle efficace, en s'assurant de la bonne composition des farires, et en exigeant d'elle de bons procédés de manutention... ?

Puisque les boulangers prétendent que l'ancienne farine, *celle dite à pain de ménage*, n'est plus faite, et ne leur serait pas fournie par les meuniers; la leur demanderait-il... ?

Ne pourrait-on pas exiger de ceux-ci qu'ils se mettent en mesure de la faire, pour répondre aux demandes des boulangers, sur les exigences de leurs clients ?

Aujourd'hui qu'on est assez prodigues d'encouragements, ne conviendrait-il pas de récompenser et de primer les meuniers et les boulangers qui excelleraient : les premiers, à produire le mieux cette farine intégrale de froment; et les seconds, à en faire le meillenr pain de ménage.

Il est bien certain que depuis un certain nombre d'années, la population, en général, mais celle urbaine plus particulièrement, décimée par un affaiblissement constitutionnel évident

(se reporter à la déclaration de MM. les docteurs D:.., et S...),
commence à avoir l'intuition de la combattre par un régime
alimentaire plus rationnel, et dans lequel le pain bis ou de ménage, au lieu du pain blanc, entrerait comme *la base alimentaire
principale.* Nombre de familles adopteraient ce pain, d'ancien
type, s'il *le leur était fourni* BON, c'est-à-dire de *farine de bonne
qualité et bien fait.* Je puis affirmer ce que j'avance ici. Mais
les boulangers, dans la plupart des villes : ceux qui sont obligés d'en faire pour des entreprises spéciales (prisons, maisons
correction, etc.) y consacrent des farines douteuses, et ne s'appliquent pas à le bien faire. Et, c'est par exception qu'on
obtient de cette fourniture, pour eux accessoire, un pain
bien levé, suffisamment cuit, et par conséquent, de digestion
facile.

N'y aurait-il pas lieu de voir si, en autorisant la reconstitu-
tion de l'industrie de la boulangerie *en corporations fermées,*
comme cela était il y a vingt-sept ans, on ne prendrait pas
le vrai moyen de couper court aux abus et négligences de ce
commerce ? Car, l'on ne saurait disconvenir que le régime actuel, qui est celui de la liberté absolue ou autrement dit *de la
libre concurrence,* en introduisant le premier venu dans la cor-
poration, et en multipliant avec exagération le *nombre des offices,* détruit toutes garanties de capacité et de probité dans ce
personnel ; suscite chez les moins délicats, au détriment des
autres, des inspirations peu louables et est la cause de ces
exhaussements de bénéfices arbitraires.

En préconisant, comme on l'a fait depuis une trentaine d'années, le régime de la liberté, on n'a peut être pas assez réfléchi
sur ce fait : c'est que ce régime inauguré, soit disant pour dé-
truire le monopole, finit à la longue, soit par l'entente, soit par
l'agglomération des capitaux, par le rétablir sous une autre
forme, et celui-là beaucoup plus âpre et pesant pour le public.

Le régime de la liberté déverse dans un monopole déguisé,

Tandis que le régime de la protection, ou de la liberté contenue, est le régime du monopole avoué.

Dans le premier, les avantages du public ne sont que des bribes d'avantages, parfois assez marqués, mais de *courtes durée.*

Dans le second, au contraire, les avantages, moins accentués, c'est vrai parfois, sont raisonnés, débattus et permanents ; et tout aussi profitables aux commerçants qu'au public.

Dans le régime de la protection, il y a une action bienveillante, tutélaire, aussi bien pour les industries et le commerce que pour le public ; et, ce qui est arrêté, résulte d'un bon esprit de conciliation.

Sous le régime de la liberté absolue, au contraire, tout va à vau l'eau, c'est l'*alea jacta est* de tous les intérêts : tout est abandonné au hasard, et ce sont les plus forts, si non les plus aptes et les plus honorables qui l'emportent. Le public qui est le champ clos de ce conflt d'intérêts particuliers, n'a. le plus souvent ainsi que nous venons de le dire, que quelques miettes à ramasser.

Puis, *quelle quiétude d'esprit* (ce qui est bien quelque chose), sous le régime de la protection, aussi bien pour les industriels et les commerçants que pour le public, dont les intérêts communs sont surveillés et garantis.

Pourquoi donc et en admettant ici le maintien de la liberté absolue, les corporations d'arts, de métiers, d'industries, renfermés par exemple dans leur spécialité ; car sans cela tout est désordre ne s'organiseraient-elles pas de manière à se *surveiller sévèrement elle-mêmes*, sous l'œil de l'autorité, *qui est la population elle-uême*, et à éviter tous les écarts qu'on est en droit de leur reprocher ? Ainsi organisées elles gagneraient infiniment en considération et je ne sais si je me trompe, mais chacun serait plus heureux et jouirait de plus d'avantages sous l'empire de ces combinaisons.

Pour ce qui est de *l'alimentation panaire*, objet de cette étude, nous croyons avoir bien démontré que sa bonne réalisation, au profit du public, appelle nécessairement un *régime exceptionnel de protection, de contrôle* et de *surveillance sévère.*

En terminant ce rapport, Messieurs, commencé, vous le savez depuis plusieurs années et conduit par la force des choses, à bâtons très rompus, me serait-il permis d'ajouter à ces desiderata un dernier vœu : C'est que notre honoré président, M. Gatellier, dont la compétence scientifique et le dévouement éclairé pour les réformes utiles nous sont connus, veuille bien le prendre sous son patronage, en sa qualité de membre Président de la Commission nommée pour les expériences à faire sur la mouture et la Panification.

Meaux 1er février 1884.

A. BURGER.

Meaux. — Typ. et Lith. D. Charriou, rue Saint-Etienne.

TABLE

31

9 782013 692021